TITAN JEUNESSE

Sacrilège

Du même auteur chez Québec Amérique

Jeunesse

Granulite, coll. Bilbo, 1992.
Guillaume, coll. Gulliver, 1995.
- MENTION SPÉCIALE PRIX SAINT-EXUPÉRY (FRANCE)

Le Match des étoiles, coll. Gulliver, 1996.
Kate, quelque part, coll. Titan+, 1998.
Lola superstar, coll. Bilbo, 2004.

SÉRIE KLONK

Klonk, coll. Bilbo, 1993.
- PRIX ALVINE-BÉLISLE

Lance et Klonk, coll. Bilbo, 1994.
Le Cercueil de Klonk, coll. Bilbo, 1995.
Un amour de Klonk, coll. Bilbo, 1995.
Le Cauchemar de Klonk, coll. Bilbo, 1997.
Klonk et le Beatle mouillé, coll. Bilbo, 1997.
Klonk et le treize noir, coll. Bilbo, 1999.
Klonk et la queue du Scorpion, coll. Bilbo, 2000.
Coca-Klonk, coll. Bilbo, 2001.
La Racine carrée de Klonk, coll. Bilbo, 2002.
Le Testament de Klonk, coll. Bilbo, 2003.
Klonk contre Klonk, coll. Bilbo, 2004.

SÉRIE SAUVAGE

La Piste sauvage, coll. Titan, 2002.
L'Araignée sauvage, coll. Titan, 2004.
Sekhmet, la déesse sauvage, coll. Titan, 2005.

Adultes

Les Black Stones vous reviendront dans quelques instants, coll. Littérature d'Amérique, 1991.
Ostende, coll. Littérature d'Amérique, 1994. Coll. QA compact, 2002.
Miss Septembre, coll. Littérature d'Amérique, 1996.
Vingt et un tableaux (et quelques craies), coll. Littérature d'Amérique, 1998.
Fillion et frères, coll. Littérature d'Amérique, 2000. Coll. QA compact, 2003.
Je ne comprends pas tout, coll. Littérature d'Amérique, 2002.
Adieu, Betty Crocker, coll. Littérature d'Amérique, 2003.
Mélamine Blues, coll. Littérature d'Amérique, 2005.

Sacrilège

FRANÇOIS GRAVEL

QUÉBEC AMÉRIQUE jeunesse

Catalogage avant publication de Bibliothèque et Archives Canada

Gravel, François
Sacrilège
(Série Sauvage ; 4)
(Titan ; 63)
ISBN 2-7644-0465-4
I. Titre. II. Collection : Gravel, François. Série Sauvage ; 4.
III. Collection : Titan jeunesse ; 63.
PS8563.R388S32 2006 jC843'.54 C2005-942074-X
PS9563.R388S32 2006

Conseil des Arts du Canada — Canada Council for the Arts

SODEC Québec

Nous reconnaissons l'aide financière du gouvernement du Canada par l'entremise du Programme d'aide au développement de l'industrie de l'édition (PADIÉ) pour nos activités d'édition.

Gouvernement du Québec – Programme de crédit d'impôt pour l'édition de livres – Gestion SODEC.

Les Éditions Québec Amérique bénéficient du programme de subvention globale du Conseil des Arts du Canada. Elles tiennent également à remercier la SODEC pour son appui financier.

Québec Amérique
329, rue de la Commune Ouest, 3e étage
Montréal (Québec) H2Y 2E1
Téléphone : (514) 499-3000, télécopieur : (514) 499-3010

Dépôt légal : 1er trimestre 2006
Bibliothèque nationale du Québec
Bibliothèque nationale du Canada

Révision linguistique : Michèle Marineau
Mise en pages : Andréa Joseph [PageXpress]

www.quebec-amerique.com

À Mélanie

Chapitre 1

Il y a un homme dans ce cercueil, un homme qui a vécu une vie honorable et qui mérite mon respect, mais je n'arrive pas à me recueillir comme je le voudrais. Chaque fois que je dois assister à des funérailles, c'est la même histoire : aussitôt que le prêtre ouvre la bouche pour débiter ses prières, mon esprit se déconnecte, et je pense à n'importe quoi sauf à la raison pour laquelle je me trouve ici.

L'homme dans le cercueil est mon oncle Vincent, le frère de mon père. Il a fini ses jours comme représentant de commerce, mais il a longtemps gagné sa vie comme guitariste dans un groupe country. Chaque fois qu'il venait à la maison, c'était un feu roulant d'anecdotes invraisemblables recueillies aux quatre coins du pays. Il avait parfois des crises de fou rire tellement violentes en nous racontant ses histoires qu'il avait du mal à reprendre son souffle, et on avait peur qu'il en meure. Il avalait alors quelques gorgées de Coke diète, puis il nous faisait des imitations d'un gérant de bar qu'il avait connu à Chicoutimi ou d'une chanteuse country qui était incapable de garder la mesure quand elle avait un verre dans le nez. Il recommençait alors à rire, et tout le monde se pliait en quatre.

Pourquoi le prêtre ne nous parle-t-il pas du rire de Vincent au lieu de nous ennuyer avec son charabia ? Pourquoi ne nous parle-t-il pas de la bonne humeur de mon oncle, de sa générosité, de son dur combat contre l'alcool ? Je l'écouterais avec intérêt, et je verserais même quelques larmes. Au lieu de ça, il nous parle d'un certain Lazare qui est ressuscité d'entre les morts, de *miséricorde*, de *rédemption*, de *l'agneau de Dieu qui rachète les péchés du monde*, et je ne comprends rien à ce qu'il raconte : je ne connais pas ce Lazare, je ne sais pas vraiment ce que signifie le mot *miséricorde* et je n'ai aucune idée de ce que cet *agneau* vient faire dans l'histoire.

Certains vieillards semblent comprendre mieux que moi le rituel : chaque fois que le prêtre récite une de ses formules bizarres, ils répliquent *et avec votre esprit*, comme si c'était une chanson à répondre. Quelque chose me dit que mon oncle Vincent devait connaître des chansons autrement plus joyeuses…

J'ai heureusement assez d'expérience comme élève d'une école secondaire pour savoir comment agir dans ces circonstances : je décroche et je pars dans la lune, réveillez-moi à la fin de la cérémonie, merci, à la prochaine.

J'imagine un extraterrestre dissimulé parmi nous, et qui ferait ensuite un rapport à son chef :

— Les Terriens se réunissent dans une grande salle très haute surmontée d'une antenne qui n'envoie pas de signaux, et ils se racontent l'histoire d'un dieu qui a été cloué sur une croix il y a deux mille ans. C'est du moins ce que j'ai compris, ô Empereur des Galaxies.

— Bizarre, répond l'empereur. Ils ont les mêmes rituels que ces primitifs qu'on a éliminés il y a trois ou quatre années-lumière dans la banlieue de Sirius… Autre chose à signaler, commandant Brutz ?

— Leur chef boit du liquide rouge, et les Terriens penchent la tête. Il avale ensuite une grosse pilule blanche, et les Terriens penchent encore la tête. Enfin, le chef récite une formule magique, et tout le monde répond en murmurant.

— Et que dit cette formule, Brutz ?

— C'est difficile à traduire, ô Empereur des Galaxies. Ça parle d'un homme qui serait au ciel, qui serait leur père à tous, et qui a envoyé son propre fils se faire crucifier.

— J'en ai assez entendu. Tout cela n'a aucun sens. Balance-leur une bonne dose de rayons verts, et qu'on n'en parle plus.

— … Une dose massive, chef ?

— Raye-moi cette planète de la carte du ciel, et qu'on n'en parle plus ! Jamais vu une telle bande d'arriérés !

Je sens une main se poser sur mon bras : c'est Roxanne, qui me fait signe de m'asseoir et qui me tire de ma rêverie… Voilà une autre chose étrange, aurait pu ajouter le commandant Brutz : les gens se lèvent, s'assoient, se relèvent, se mettent à genoux tous en même temps ; c'est comme une gymnastique très lente, une danse que seuls les vieux connaissent encore…

Reviens un peu sur terre, Steve ! Essaie

de te concentrer sur ce que le prêtre raconte, tu finiras peut-être par comprendre quelque chose…

Je suis de nouveau plein de bonne volonté, mais aussitôt que le prêtre recommence à parler en charabia, je pense à mon ami Brutz, que j'imagine avec une antenne en tire-bouchon sur la tête. Une antenne verte, comme de raison. Le doigt sur la détente, il s'apprête à envoyer une décharge de son rayon vert sur le clocher…

Je me tourne discrètement vers Roxanne, qui semble savoir mieux que moi comment se comporter en pareilles circonstances: elle se lève, s'assoit et s'agenouille en même temps que tout le monde, malgré son genou qui la fait souffrir, et elle ouvre la bouche au moment où il faut répéter *amen* ou *et avec votre esprit*. Parle-t-elle vraiment ou se contente-t-elle de faire du *lip-sync* ? Je regarde ses lèvres, je pense à toutes sortes de choses qui ne vous regardent pas et qui pourraient difficilement se pratiquer sur les bancs inconfortables d'une église, et mon esprit dérape encore une fois.

Je me laisse aller à ce genre de pensées pendant quelques instants, puis je me secoue et j'essaie de me concentrer sur le cercueil couvert de fleurs.

Je te demande pardon, oncle Vincent. Je suis vraiment désolé que tu sois parti si vite. J'aimerais pouvoir mieux penser à toi, mais je n'y arrive pas. Pas ici, pas comme ça. Tu me comprends sûrement, toi qui avais toujours le cœur à rire. Quand mon frère est mort, il y a deux ans, c'était pareil. C'était d'ailleurs le même vieux prêtre qui radotait les mêmes prières, et j'ai réagi de la même façon. Je pense que je suis allergique aux prêtres : je suis incapable de me concentrer sur leurs paroles, c'est pire qu'un cours de maths, et même pire qu'un cours d'histoire. Si tu connaissais les profs d'histoire qui sévissent à notre école, tu comprendrais mieux ce que je veux dire…

Je sens encore une fois une main se poser sur mon bras.

— Réveille-toi, Steve, c'est fini, murmure Roxanne.

Je la regarde, et je n'en reviens pas : elle a les yeux rougis, comme si elle avait pleuré ! Elle ne connaissait pourtant pas mon oncle Vincent, elle ne l'avait jamais vu, elle est venue pour m'accompagner, c'est tout, et voilà qu'elle a l'air plus émue que moi !

Du coup, je me sens deux fois plus coupable de n'avoir pas pu me concentrer sur la cérémonie. J'essaie de me ressaisir et de me composer une figure d'enterrement, mais j'ai encore du mal à y arriver. Je décide alors d'aller aux toilettes avant que la procession se mette en branle pour suivre le cercueil jusqu'au cimetière : peut-être que me vider la vessie me permettra de me changer les idées ?

Je me penche vers Roxanne et je lui murmure quelques mots à l'oreille pour lui faire part de mes intentions :

— Il doit y avoir des toilettes au sous-sol. J'ai sûrement le temps d'y aller avant le départ pour le cimetière. Attends-moi une minute, je reviens tout de suite…

Peut-on imaginer une phrase plus banale, plus innocente, plus commune ? *Il doit y avoir des toilettes au sous-sol, je reviens tout de suite…* C'est pourtant avec cette phrase que tout a basculé et que j'ai pénétré dans un univers complètement tordu.

Le pire, c'est que je n'avais pas vraiment envie de me soulager la vessie : tout ce que je voulais, au fond, c'était me changer un peu les idées avant la procession. Le moins qu'on puisse dire, c'est que j'ai réussi.

Chapitre 2

Je descends au sous-sol en empruntant un escalier en colimaçon et j'aboutis dans un long corridor mal éclairé. Je laisse mes yeux s'habituer à la pénombre, puis je repère les toilettes des hommes, tout au fond. Je dois passer devant trois autres portes pour y arriver. Les deux premières sont fermées, mais la troisième est entrouverte. Comme je ne suis pas vraiment pressé, je me pose toutes sortes de questions idiotes : Que peut-il bien y avoir dans cette pièce ? Des réserves d'encens, un entrepôt d'hosties, des gallons de vin de messe ? Je jette un œil par l'entrebâillement, et une statue attire aussitôt mon attention.

La statue représente un homme barbu, vêtu d'un habit de moine, et qui tient un long bâton qui se termine par des volutes compliquées. Je pense qu'on appelle ce genre de bâton une crosse, mais je ne crois pas que les saints et les évêques s'en servaient pour faire du sport. Je n'ai jamais su à quoi ça servait, en fait. Il n'y a évidemment rien de très étonnant à ce que je trouve une statue dans le sous-sol d'une église, mais j'arrive mal à m'expliquer pourquoi cette statue est entreposée la tête en bas. Ça me semble témoigner d'un manque de respect envers le saint, et c'est surtout inutilement compliqué : si j'avais à entreposer une statue, je la mettrais sur ses pieds, tout bêtement, surtout si les pieds en question sont solidement fixés sur un socle. Pour faire tenir cette statue la tête en bas, il faut vraiment le vouloir : elle est d'ailleurs attachée au plafond à l'aide d'un gros câble, lui-même relié à un treuil.

Peut-être qu'il ne s'agit pas d'un entrepôt, comme je le pensais, mais de l'atelier d'un sculpteur ? Mon explication ne me satisfait pas vraiment : je doute fort qu'un sculpteur soit obligé de suspendre sa statue la tête en bas pour la faire sécher… Poussé par le démon de la curiosité (je ne peux m'empêcher de penser que l'expression est bien choisie, dans les circonstances), je pousse la porte et je risque un pas dans la pièce.

C'est une grande salle au plafond bas, soutenu par des colonnes de pierre et des voûtes trapues. Le sol est pavé de grandes dalles verdâtres, couvertes de poussière blanche, et j'ai l'impression de marcher sur un des tableaux de mon école. Partout autour de moi, des statues de saints et de saintes, toutes pendues la tête en bas, se balancent au bout de leur corde. Ce ne sont pas des statuettes, attention : certaines sont plus grandes que moi, et elles sont toutes attachées par des câbles qui les relient à des treuils. Une de ces statues porte même aux poignets des menottes rouillées, et ces menottes sont attachées à un anneau fixé au mur. Ça n'a aucun sens : des statues ne peuvent tout de même pas s'enfuir ! Pourquoi les menotter?

Une seule statue est à l'endroit, mais elle est encore plus bizarre que les autres : elle représente la Vierge Marie qui écrase des serpents de ses pieds nus tout en tournant les yeux vers le ciel, comme si le fait de martyriser des animaux la transportait d'extase.

Au fond de la salle, j'aperçois de grandes toiles à motifs religieux. Je m'approche pour mieux les examiner. Tous les tableaux qui ne sont pas tête en bas représentent des scènes de l'enfer, et ces scènes sont terrifiantes : des diables hideux empalent des hommes, des femmes et des enfants les uns par-dessus les autres, des corbeaux dévorent les yeux des cadavres, des rats jouent dans leurs entrailles béantes… Je regarde ces tableaux, fasciné, et je ne peux pas m'empêcher de penser à tous ces experts qui voudraient qu'on interdise la violence au cinéma et à la télévision : peut-être devraient-ils commencer par visiter les églises et les musées ! Je n'ai jamais rien vu d'aussi horrible, même dans les films d'épouvante qu'on voit à l'Halloween.

Quelques portraits n'ont rien de terrifiant – ils représentent des saints qui ont de bonnes bouilles, avec leur auréole et leur regard levé vers le ciel –, mais ils ont tous la tête en bas, eux aussi, comme si on avait voulu les punir. *Mais de quoi ? Pourquoi voudrait-on punir une image ? Ça n'a aucun sens.*

D'autres peintures représentent des saints qui ont passé un mauvais quart d'heure : un moine décapité qui porte sa propre tête dans ses mains ; une femme vêtue en soldat qui rôtit sur un bûcher ; un jeune homme presque nu, ligoté à une colonne, dont le corps est transpercé de flèches. Je m'approche pour déchiffrer l'inscription qui se trouve sur le cadre: *Le martyre de saint Sébastien*... Si je n'étais pas dans une église, je me croirais dans un club sado-maso d'un genre très particulier: ce Sébastien est un beau jeune homme aux cheveux bouclés, entièrement épilé, et musclé comme un culturiste. Quelque chose me dit qu'il aurait fait des ravages dans le quartier gai, si ça avait existé à son époque. Peut-être que son bar préféré s'appelait *Les Catacombes*...

J'essaie de dédramatiser la situation, mais je me sens de plus en plus troublé en regardant ces toiles et ces statues. Pourquoi représentent-elles toutes des martyrs ou des visions d'enfer ? Pourquoi les saints qui n'ont pas été martyrisés sont-ils suspendus la tête en bas ? Et pourquoi a-t-on empilé des crânes en pyramide au fond de la salle ? Attends une minute, Steve, as-tu bien parlé de crânes ? Ça doit être autre chose que tu prends pour des crânes, ou bien ce ne sont pas des vrais : qui donc empilerait des ossements humains dans le sous-sol d'une église ? Je m'approche pour mieux voir, et au moment où je me dis que ce sont de véritables ossements humains, une voix me fait sursauter.

— Qu'est-ce que vous faites ici, jeune homme ?

Je ne m'attendais tellement pas à me faire apostropher que je sursaute violemment. Je sens mon cœur battre contre mes côtes, comme s'il cherchait le meilleur moyen de quitter au plus vite ma cage thoracique.

Je me tourne vers l'homme qui m'a posé cette question, et je découvre un prêtre qui me regarde de haut, les bras croisés, en fronçant les sourcils. Je suis sûr qu'il s'agit d'un prêtre, mais c'est le prêtre le plus surprenant que j'aie vu de toute ma vie.

D'abord, il porte une soutane, une authentique soutane noire, luisante, fermée sur le devant par une infinité de boutons, et son cou est enserré dans un col blanc et rigide, qui semble posé à l'envers. Je ne pensais pas que les prêtres portaient encore ce genre de vêtements, et je ne pensais surtout pas qu'un prêtre pouvait être jeune. Celui qui préside aux funérailles de mon oncle Vincent est tellement chétif et sénile qu'on pourrait le faire tomber rien qu'en soufflant dessus. Mais il faudrait bien plus qu'un souffle pour déplacer celui qui se trouve devant moi : il me dépasse d'une bonne tête et il est deux fois plus large que moi, et même deux fois et demie à la hauteur des épaules. Si j'étais éclaireur pour une équipe de football américain, je lui ferais signer un contrat sur-le-champ. J'en ferais autant si j'étais chasseur de talents pour Hollywood, à bien y penser : vêtu d'une combinaison moulante, il ferait un magnifique Superman. Sa soutane est d'ailleurs très ajustée, comme pour mettre en valeur sa puissante musculature. Depuis quand les prêtres ressemblent-ils à des superhéros ?

En tant qu'hétérosexuel de l'espèce la plus banale, je suis assez peu sensible à la beauté des hommes. Mais celui-là, je dois admettre qu'il est beau, et pas rien qu'un peu : un menton volontaire, des yeux perçants… Il est tellement beau que je me dis que ça ne se peut pas, qu'il y a un truc, qu'il a été trafiqué par le service des effets spéciaux du Vatican…

— Ce sont de vrais crânes, me dit-il comme pour répondre à une question que je ne lui ai pourtant pas posée. Ils proviennent de catacombes des environs de Rome. L'artiste a eu la permission de l'Église pour les emprunter et réaliser cette installation.

Mon intuition était donc bonne, et je me sens à moitié rassuré : il s'agit bel et bien de l'atelier d'un artiste. Un artiste un peu bizarre, qui empile des crânes et qui pend des statues tête en bas... Mais il n'y a rien là de bien surprenant : les artistes font souvent ce genre de choses pour provoquer des réactions. J'ai même vu un reportage, à la télévision, sur un sculpteur qui utilisait de véritables cadavres humains pour réaliser ses œuvres. Les cadavres étaient vitrifiés, ou quelque chose dans ce genre-là. C'était à la fois morbide et fascinant, mais ça m'a laissé un très mauvais goût dans la bouche, et j'ai vite changé de poste.

— Ces crânes ont quelque chose de troublant, non ? poursuit le prêtre sur un ton onctueux. Le but visé est évidemment d'attirer l'attention du spectateur, mais surtout de le faire réfléchir à notre destin ici-bas. Nous sommes tellement entourés d'églises dans notre belle province de Québec que nous ne ressentons plus la charge volcanique de l'art religieux. Jésus est mort sur une croix après de terribles supplices, les Pères de l'Église ont été martyrisés à cause de leur foi, mais plus personne ne pense à eux comme à des martyrs. On évacue leur souffrance, alors qu'elle était pourtant au cœur de leur sainteté. Cela étant dit, jeune homme, je vous signale que les installations ne sont pas terminées et que l'exposition n'est pas encore ouverte au public. Vous pourrez venir admirer ces œuvres, et bien d'autres encore, à partir de samedi prochain. J'espère que vous reviendrez.

— Je... je viendrai sûrement faire un tour...

— Vous ne le regretterez pas.

Il me fait un grand sourire mielleux en me disant ces mots, mais il pose en même temps sa main sur mon épaule, comme pour m'inviter poliment mais fermement à quitter la salle. Je comprends très bien son message et je lui obéis sans résister.

Je remonte sans être allé aux toilettes, et je me retrouve dans une église vide. Tout le monde est maintenant dehors, derrière le cercueil de mon oncle Vincent, et le cortège s'apprête à se mettre en branle.

— Tu en as mis, du temps ! me chuchote Roxanne. Es-tu malade ? Tu es bien pâle !

— Quand je t'aurai expliqué ce que j'ai vu, tu comprendras... En attendant, je suis bien content de prendre de l'air. Marcher va me faire du bien, même si c'est derrière un cercueil...

Chapitre 3

Le cimetière est à trois coins de rues de l'église. Le trajet suivi par la procession n'est donc pas très long, mais il faut quand même donner à tout le monde le temps de le parcourir, y compris à ma grand-mère, qui a quatre-vingt-cinq ans. Elle aurait pu faire le trajet en limousine, comme les autres personnes de son âge, mais elle a tenu à marcher pour accompagner son fils Vincent jusqu'à sa *dernière demeure*, comme on dit parfois pour désigner un trou dans la terre...

Je brûle de raconter à Roxanne ce que j'ai vu dans le sous-sol de l'église, mais je suis mal à l'aise de lui parler de tout ça maintenant. Nous avançons à pas très lents, en silence, et je remarque bientôt un homme d'un certain âge, aux allures de chanteur country, qui s'allume une cigarette et l'écrase aussitôt. Sans doute juge-t-il déplacé de fumer en pareilles circonstances. Je le comprends : je suis toujours distrait pendant les messes, mais j'ai toujours trouvé les processions funéraires très émouvantes. Si jamais je fonde une religion, c'est un rite que je conserverai.

La procession s'immobilise un instant, et je regarde le chanteur country qui n'en finit plus de tousser les deux malheureuses bouffées qu'il a eu le temps d'inhaler… Au salon funéraire, tout le monde répétait que mon oncle Vincent aurait sûrement pu vivre plus longtemps s'il n'avait pas fumé ses deux paquets de cigarettes par jour. Il avait réussi à tenir le coup pendant vingt ans sans boire une goutte d'alcool, ce qui est une victoire non négligeable, mais il semble qu'il ne pouvait pas supporter la vie sans tabac. Peut-être se sentait-il protégé par le nuage de fumée qui l'enveloppait toujours ?

Mon père a une grande famille, très unie. Ils sont tous là, frères et sœurs, beaux-frères et belles-sœurs, entourant ma grand-mère et suivis de presque tous leurs enfants, qui sont mes cousins et mes cousines. Une famille de l'ancien temps. Du côté de ma mère, c'est le contraire : elle est l'enfant unique de parents divorcés. Une famille moderne.

J'observe mon père tandis que la procession se remet lentement en branle, et il me semble qu'il a vieilli de quelques années en quelques jours. Il faut dire qu'il porte un veston et une cravate, ce qui ne rajeunit personne, et qu'il se tient le dos un peu voûté, lui qui est habituellement droit comme un piquet : il donne le bras à sa mère, qui est presque pliée en deux par le malheur et par le poids des années.

Ma grand-mère a eu sept enfants, et c'est le premier qu'elle voit partir. Il est étrange que ça lui arrive après avoir perdu deux de ses petits-enfants (une de mes cousines est morte de leucémie, et mon frère Patrick a été victime d'un chauffard alcoolique). « Ce n'est pas supposé se passer comme ça, répétait-elle à tout le monde au salon funéraire. Pourquoi est-ce que ce n'est pas moi que le bon Dieu est venu chercher ? Il y a longtemps que je suis prête, pourtant… » Je n'ai rien trouvé à lui répondre : moi non plus, je ne comprends pas, grand-maman, et je ne comprendrai sans doute jamais pourquoi certains restent tandis que d'autres partent trop vite. Je ne comprends rien à rien à ces choses-là. Tout ce que je sais, c'est que je suis ici pour saluer mon oncle Vincent une dernière fois, où qu'il soit, et lui dire que j'ai été content de faire un bout de chemin avec lui.

Pauvre grand-mère, qui marche derrière le cercueil, respirant les gaz d'échappement du corbillard… Mon père semble s'être aperçu en même temps que moi de l'incongruité de la situation, et il l'invite à s'éloigner un peu de la voiture.

Nous marchons lentement, silencieusement, et je n'ose toujours pas parler à Roxanne. Je lui effleure la main, juste pour lui faire sentir que je suis toujours là et que j'apprécie sa présence à mes côtés. Elle me répond par un sourire, et je me sens tout chose en dedans. Est-ce que je vous ai déjà dit à quel point j'aime cette fille-là ?

— Merci d'être là, Rox.

— Tu es sûr que ça va, toi ? Tu es encore tout pâle…

— Ça va, ça va…

Nous continuons à avancer, et la procession est tellement silencieuse que je n'ose toujours pas parler à Rox. J'essaie plutôt de penser à mon oncle Vincent, dont tout le monde disait qu'il était un bon vivant. Drôle d'expression, quand on y pense, surtout qu'on ne parle jamais de *mauvais vivants*, même si on devrait…

Un bon vivant qui nous quitte par cette belle journée ensoleillée de septembre, accompagné par sa famille, ses voisins, ses amis du travail, quelques musiciens qui l'ont connu à l'époque où il jouait dans les bars, sans oublier ses deux ex-épouses qui semblent plutôt bien s'entendre puisqu'elles marchent côte à côte. Une bonne centaine de personnes, tout compte fait… L'oncle Vincent n'a jamais eu d'enfants, mais il semble qu'il ait toujours su s'entourer. Savait-il qu'il était si populaire ? Est-il encore là, assis sur un bout de nuage, à regarder passer la procession avant de s'envoler pour de bon vers un autre monde ? Si oui, j'espère qu'il apprécie de voir que tant de personnes se sont déplacées pour lui.

Nous arrivons enfin au cimetière, et l'assistance se regroupe autour du monument pour la dernière partie de la cérémonie. Les employés du cimetière mettent un temps fou à installer le cercueil au-dessus de la fosse, sur de larges courroies qui serviront à le descendre au fond, et plusieurs personnes commencent à parler entre elles. Le chanteur country s'éloigne un peu du groupe pour enfin fumer sa cigarette, et je profite du brouhaha pour raconter à Roxanne ce que j'ai vu dans le sous-sol de l'église : les statues pendues tête en bas, la pyramide de crânes, et surtout ce prêtre bâti comme Superman… Elle me sert alors une réplique qui me scie en deux :

— Tu as rencontré le père Francke ? Qu'est-ce qu'il faisait là ?

— Tu… tu le connais ?

— Un peu, oui. Il vient parfois dire la messe à l'église de ma paroisse.

— … Depuis quand vas-tu à la messe, toi ?

— Je n'y vais jamais. Mais Marithé, oui.

Marithé, c'est le surnom de Denise, la mère de Rox. Tout le monde l'appelle comme ça, même moi. Elle est du genre à lire des livres du dalaï-lama en sirotant une tisane, d'où ce surnom qui lui va si bien. Je l'imagine bien plus facilement partir pour Katmandou que fréquenter l'église qui se trouve au coin de la rue !

— Je ne savais pas qu'elle était pratiquante…

— C'est récent. L'année dernière, elle aurait été bien en peine de me dire qui était le curé de notre paroisse, et je me demande même si elle connaissait le nom de cette paroisse. Il n'y avait d'ailleurs presque personne à la messe, et il a été question de démolir l'église ou de la transformer en condos. Mais depuis que le père Francke est dans les parages, l'assistance s'est mise à grossir, semaine après semaine. La bonne nouvelle s'est d'abord répandue auprès des femmes d'un certain âge, puis chez les plus jeunes. Tu devrais entendre ma mère quand elle parle de lui : *il est tellement ceci, et tellement cela, ses sermons font grandir nos âmes, ce n'est pas seulement un homme de parole mais aussi un homme d'action, il a été missionnaire en Afrique*… Il faut presque l'attacher pour l'empêcher de léviter. C'en est gênant.

— J'imagine tellement mal Marithé à la messe, en train de réciter son chapelet !

— Si seulement elle se contentait d'aller à la messe ! Depuis quelques semaines, elle est devenue membre d'un groupe de renaissance spirituelle dont l'éminence grise est le père Francke, évidemment…

— La *renaissance spirituelle* ? Ça sonne un peu secte, non ?

— Il paraît que c'est un regroupement reconnu par l'Église officielle, celle de Rome, la même qui interdit la contraception, le mariage des prêtres et l'ordination des femmes… Veux-tu bien me dire ce que ma mère fabrique dans ce club de vieux machos ?

— Il faut croire qu'elle est tombée sous le charme du père Francke. Je dois dire qu'il est assez spectaculaire.

— Je n'ai jamais pu le blairer, moi, cet homme-là. Chaque fois qu'il vient à la maison, je me sauve dans ma chambre. Il me fait penser aux guimauves que je faisais cuire sur un feu de camp, quand j'étais petite : c'est tellement sucré que ça lève le cœur…

— Bonne comparaison : il y a quelque chose d'onctueux dans sa voix, quelque chose d'hypercalorique…

— Et il a cet accent tellement bizarre, pas vraiment québécois, pas vraiment français non plus, et encore moins acadien…

— Ça m'a frappé, moi aussi. C'est comme s'il venait d'une autre époque plutôt que d'un autre pays.

— Quelle que soit l'époque d'où il vient, j'aurais préféré qu'il y reste.

— ... Ça ressemble à quoi, les groupes de renaissance spirituelle ?

— Ils lisent des passages de la Bible, ils se tiennent par la main et ils récitent des prières en fermant les yeux, ensuite ils boivent du thé, et c'est à peu près tout. Les réunions se tiennent parfois au presbytère, et parfois chez nous. Le père Francke aime beaucoup notre véranda, qui lui rappelle sa *chère Afrique*, comme il dit en roulant ses *r*… Penses-tu que je devrais le dénoncer à l'Office de protection des parents ?

— … *L'Office de protection des parents ?*

— Tentative de blague. Ça n'existe pas, rassure-toi. Mais ça devrait… Il n'y a que des femmes dans son groupe, et elles semblent très excitées à l'idée de prendre la main du père Francke. Si tu savais comme ma mère me déçoit, Steve…

— Pourquoi ne m'en as-tu pas parlé ?

— Parce que je trouve ça gênant. J'espérais que ça finirait par lui passer, mais…

Les employés du cimetière ont finalement réglé leurs problèmes de treuil, et le vieux prêtre nous invite à observer le silence pour une dernière prière, qu'il débite de sa voix chevrotante. Quelques personnes dans la foule répondent *amen* en faisant leur signe de croix, les deux ex-épouses lancent chacune une fleur sur le cercueil, et puis ça y est, la cérémonie est terminée. Je m'attendais à ce que nous assistions à la disparition du cercueil sous des pelletées de terre, mais il semble que ça ne fait plus partie des traditions. Chacun peut maintenant rentrer chez soi, laissant aux employés du cimetière la tâche de finir leur travail. Adieu, oncle Vincent.

La foule se disperse lentement, et je m'apprête à partir, moi aussi, après avoir salué une dernière fois mes oncles, mes tantes, mes cousins et mes cousines. J'en suis à ma dixième poignée de main quand j'aperçois le père Francke, un peu plus loin, qui se penche sur une de mes tantes pour lui tenir des propos doucereux. Comment se fait-il que je ne l'aie pas vu arriver ? Une silhouette comme la sienne ne passe pourtant pas inaperçue... Il offre ses condoléances à l'une et à l'autre, semblant se concentrer uniquement sur les femmes, et arborant chaque fois un air de chien battu, comme s'il débordait de compassion pour ces gens qu'il ne connaît pas. J'essaie de m'esquiver en douce, mais il m'a aperçu du coin de l'œil et il se précipite dans ma direction, laissant en plan une de mes tantes, pantoise d'admiration.

Avant que je puisse m'enfuir, je le vois foncer vers ma Roxanne à moi, s'emparer d'une de ses mains entre ses deux grosses paluches, et lui tartiner des kilos de sirop tout en la gratifiant d'un de ses sourires au caramel.

— Quelle surprise de vous retrouver ici, mademoiselle Roxanne ! Le monde est bien petit, et il devient encore plus petit quand on songe que nous sommes tous embarqués sur le même navire, un bien frêle esquif, hélas, pour voguer sur l'océan de malheurs qu'est notre vie temporelle… Dommage que votre mère ne soit pas ici. J'aurais tellement aimé lui offrir ma bénédiction ! Je suis sûr que le Seigneur apprécie sa quête spirituelle…

Et patati et patata, le voilà lancé dans de longues phrases en guimauve fondante, et je ne peux pas m'empêcher de regarder ses deux immenses mains qui emprisonnent celle de ma Roxanne à moi… *Lâche-la, espèce de pervers à soutane, lâche-la tout de suite, sinon je demande à mon fidèle Brutz de t'envoyer un de ses rayons verts directement sur le goupillon, et je te garantis que l'âme va te rapetisser…*

Je n'ai pas le temps de terminer ma prière intérieure qu'il lâche enfin la main de Roxanne pour s'emparer de la mienne.

— Et à toi, Steve, qui viens de perdre un oncle dont tu étais si proche, j'offre mes plus sincères condoléances. Ce n'est jamais pour rien que le Seigneur nous envoie des épreuves. La vie ici-bas ne nous offre que peu de plaisirs, et ces plaisirs sont bien éphémères, en somme…

Je n'entends rien de ce qu'il me dit par la suite tant je suis obsédé par cette immense main sèche et brûlante qui s'est refermée sur la mienne : j'ai l'impression d'être enfermé dans un étau de feu, et j'imagine des démons pénétrer dans les pores de ma peau, comme des *aliens* qui voudraient s'emparer de mon âme…

Il finit par me lâcher pour aller répandre ailleurs sa bonne nouvelle, et je suis enfin débarrassé de sa présence étouffante.

Ce n'est qu'une fois assis sur la banquette arrière de l'auto de mon père, au moment de retourner à la maison, que je me rends compte que le père Francke m'a appelé par mon prénom. *Comment l'a-t-il appris ?* Je me dis qu'il a dû le demander à l'un ou l'autre de mes parents, tout simplement, mais cette explication ne me rassure qu'à moitié, puisqu'elle ouvre la porte à une autre question encore plus troublante : pourquoi a-t-il pris la peine de se renseigner à mon sujet ? Qu'est-ce qu'il me veut ?

Chapitre 4

Gloire à celui qui a concocté les horaires de 5e secondaire ! Je commence ce lundi matin par un cours d'histoire, et c'est parfait : ça me donne une heure de plus pour dormir !

Je n'ai rien contre l'histoire, remarquez. Ça pourrait même être une matière palpitante si elle était donnée par n'importe qui d'autre que M. Barcelo. Vous connaissez sûrement ce genre de prof qui s'imagine être à la fine pointe de la pédagogie parce qu'il fait des projections avec le logiciel *Power Point* ? Le pauvre homme ne semble pas se douter que tous les professeurs de l'école s'y sont mis longtemps avant lui et qu'ils maîtrisent beaucoup mieux leur instrument. M. Barcelo a toujours le nez collé sur son clavier, ce qui fait qu'il ne nous regarde jamais dans les yeux. Tant mieux pour ceux qui en profitent pour dormir, et tant pis pour ceux qui aimeraient avoir des échanges intéressants avec leurs professeurs, une fois de temps en temps…

La seule qualité de M. Barcelo, c'est son nom : il est si facile à déformer qu'on peut lui inventer un nouveau surnom chaque semaine, ce dont on ne se prive pas. On l'appelle Beau Salaud, Bourse à l'eau, Beau Nono…

L'année dernière, j'avais un professeur de français qui s'appelait M. Vinet. Un petit homme chauve et bedonnant qui n'avait rien d'impressionnant. Il n'était pas du genre à nous faire des présentations avec *Power Point*, ni à transporter des téléviseurs ou des rétroprojecteurs. Il donnait des cours sans effets spéciaux. Des cours *unplugged*. Il s'assoyait sur le coin du pupitre, il sortait un document de son vieux sac d'école, il nous lisait quelques lignes d'un roman qu'il était en train de lire, et c'était parti. Nous étions accrochés, et personne n'avait envie de dormir. Il faut dire que M. Vinet était un amateur de romans policiers, de thrillers et d'histoires d'horreur, et il ne se gênait pas pour choisir des passages sanglants pour nous mettre en appétit.

M. Vinet était un des seuls professeurs de l'école à ne pas avoir de surnom. On l'appelait Monsieur.

Roxanne, Maude, Mathieu et moi aimions tellement ses cours que nous avions fondé le club des Cadavres exquis. Nous nous réunissions chaque semaine pour parler des histoires d'horreur que nous lisions, et même pour essayer d'en écrire. Nous obtenions un succès très inégal, mais notre enthousiasme ne se démentait jamais.

Mais ça, c'était l'année dernière. Mathieu et Maude sont toujours mes grands amis et Roxanne est devenue ma *petite* amie (quelle drôle d'expression, quand on y pense !), mais M. Vinet a pris sa retraite de l'enseignement. Le club des Cadavres exquis a donc été dissous, en même temps d'ailleurs que toutes les activités libres du jour 5, qui nous permettaient d'avoir des relations intéressantes avec les professeurs et de les voir sous un autre jour. Mme Robichaud, la nouvelle directrice, a statué que les activités libres ne respectaient pas le règlement numéro 123-

B-45-RGT du ministère de l'Éducation, et tout le monde sait que les règlements sont bien plus importants que les élèves. Je m'en fous un peu, de toute façon : il ne me reste plus qu'un an à passer dans cette école, ensuite, bye bye le secondaire, j'irai voir ailleurs s'il se passe quelque chose.

Tout ça pour dire que je pourrais apprécier un cours d'histoire s'il était donné par un bon professeur, catégorie dont M. Barsalon ne fait malheureusement pas partie. Il nous gratifie ce matin encore d'une autre de ses ennuyeuses présentations avec *Power Point* pour nous expliquer tout ce que nous ne voulons pas savoir sur les cathédrales, en parlant sur un ton aussi monotone que possible pour mieux nous endormir. (J'aurais dû choisir l'option sciences, comme plusieurs de mes amis. Les cours sont peut-être aussi ennuyeux, mais au moins je n'aurais pas été seul dans mon coin. Nous sommes en septembre, et j'ai déjà hâte que l'année finisse !)

Aujourd'hui, cependant, je dois dire que M. Bungalow réussit à m'intéresser, bien malgré lui. Son cours porte sur l'architecture des cathédrales, et mon attention est vite attirée par les gargouilles, ces petits diables hideux qui servaient de décorations pour les gouttières. Ces monstres m'intéressent même à un tel point que je lève la main pour poser une question, à la grande surprise de certains de mes compagnons, qui me regardent comme si j'étais tombé sur la tête. Désolé de vous réveiller, les gars…

— Monsieur ? Monsieur ?

M. Bossunono est si peu habitué à se faire interrompre qu'il met un long moment avant de s'apercevoir que j'ai la main levée. Quand il finit par s'en rendre compte, nous entendons grincer les engrenages de son cerveau : *Cet élève a la main levée, qu'est-ce que ça signifie, déjà ? Peut-être veut-il me poser une question, sait-on jamais…* J'exagère à peine : M. Barbalo est le genre de professeur qui est capable de s'endormir lui-même tout en continuant à donner son cours. Une fois le magnétophone mis en marche, rien ne peut l'arrêter, à part la cloche indiquant la fin de la période. Et encore…

— Tu as une question, Philippe ? finit-il par dire.

Ses engrenages sont vraiment rouillés, ce matin : il regarde sur son bureau le plan qui lui indique les noms de tous les élèves de la classe, mais il semble avoir confondu la droite et la gauche.

— Je m'appelle Steve, monsieur. Philippe est de l'autre côté, près des fenêtres…

— Excuse-moi, Philippe, je veux dire Steve… Je t'écoute.

— Les gargouilles que vous nous avez montrées représentent des diables, non ?

— On ne peut rien te cacher ! Ce ne sont certainement pas des anges…

— Si les cathédrales étaient construites à la gloire de Dieu, pourquoi est-ce qu'on les décorait avec des démons ? Ils voulaient faire peur aux fidèles, ou quoi ?

— Tu devrais poser ta question à un professeur de religion, Philippe. Moi, j'enseigne l'histoire. Observez maintenant cette voûte à nervures croisées…

Merci pour vos lumières, M. Bougalou. Votre explication était éblouissante…

Le cours d'histoire reprend son cours normal, quelques ronflements se font entendre çà et là, et moi je ne peux pas m'empêcher de penser à ces gargouilles. Pendant des siècles, les gens apercevaient des démons partout. Maintenant, on n'en voit plus que dans des films d'horreur, et encore. Où sont-ils donc passés ?

Si j'en crois le peu que je connais de la religion, les prêtres catholiques ont longtemps eu l'habitude de terroriser les gens en leur faisant des descriptions terrifiantes de l'enfer. Aussitôt qu'un fidèle commettait le moindre péché, il était menacé des pires supplices, qu'il subirait pendant l'éternité. Mais la peur de la damnation éternelle ne fait plus partie du programme de l'Église, à ce qu'il paraît. Personne ne parle plus du diable, pas même le pape. D'après ce que m'ont raconté mes amis qui ont suivi des cours de religion, on apprend maintenant que Jésus est amour, et on passe le reste du temps à faire du découpage et à colorier des images. Satan ? Connais pas. Lucifer, le prince des enfers ? Désolé, il n'y a plus de service au numéro que vous avez composé. Belzébuth a sans doute été victime d'un coup d'État, il s'est exilé sur une île déserte et il discute du bon vieux temps avec le fantôme d'Elvis Presley et le monstre du Loch Ness.

On dirait cependant que le père Francke est resté accroché à cette époque où Satan était encore à la mode.

Toutes les statues et les peintures représentant des saints étaient suspendues à l'envers, mais les illustrations de l'enfer étaient à l'endroit : voudrait-il remettre les vieilles peurs au goût du jour ? « J'ai des nouvelles pour vous, les amis : l'enfer existe, le diable est de retour. Vous aimez les histoires d'horreur ? L'Église peut vous en raconter autant que vous voudrez… »

Ma décision est prise : je vais aller voir son exposition, malgré toute la répulsion que m'inspire le père Francke. En attendant, le cours de M. Ballot est fini, et il faut changer de classe. Où est-ce que je m'en vais, déjà ? Maths. Il faudra que j'essaie de me concentrer un peu plus…

▲ ▲ ▲

J'essaie de résoudre quelques équations, mais je n'y arrive pas. Aussitôt que je laisse flotter mes pensées, celles-ci m'entraînent dans le sous-sol de l'église, où je revois cette pyramide de crânes venus tout droit des catacombes, ces images de martyrs, et surtout ces statues pendues par les pieds, comme si on voulait leur infliger de nouveaux supplices…

Il y a quelque chose qui ne fonctionne pas là-dedans : que le père Francke veuille remettre l'enfer à la mode, je peux le comprendre. Mais présenter des statues de saints pendues par les pieds, ça n'a aucun sens. Un prêtre catholique ne ferait jamais ça. Si le but de l'artiste était de provoquer la réflexion, on peut dire qu'il a réussi : son exposition n'est pas encore ouverte au public, et elle m'obsède déjà !

▲ ▲ ▲

À l'heure du midi, je me dépêche d'ingurgiter mon lunch sur un coin de table à la cafétéria, puis je cours rejoindre Roxanne à la bibliothèque. Elle y travaille chaque midi, si du moins on peut parler de *travail* : il n'y a pas grand monde qui emprunte des livres à la bibliothèque au mois de septembre, surtout quand il fait beau. Quelques garçons de 1re secondaire, dispersés çà et là, ont le nez plongé dans leurs bandes dessinées, le *Livre des records* ou le *Guide de l'auto*, deux filles assises loin à l'écart feuillettent des revues de mode, et c'est à peu près tout. Roxanne a donc tout le loisir de s'installer derrière le comptoir pour lire quelques chapitres d'une de ses romancières anglaises préférées, et personne ne vient jamais la déranger. Sauf moi, évidemment, mais j'aime croire que je ne la dérange pas trop.

Mathieu et Maude ont eux aussi pris l'habitude d'aller à la bibliothèque à l'heure du midi, et nous y tenons parfois des réunions express du club des Cadavres exquis, comme dans le bon vieux temps.

Aussitôt que mes amis arrivent, je leur raconte à voix basse les événements de la fin de semaine.

— Je ne peux pas m'empêcher de penser à ce que dirait M. Vinet s'il était encore avec nous, dit Mathieu en imitant la voix de notre ancien prof : « Un cimetière, un sous-sol d'église, des visions d'enfer, quels beaux thèmes gothiques ! Et ce prêtre jeune et athlétique, c'est tellement anachronique ! Vous devriez faire un roman avec ça, les jeunes ! » Qu'est-ce que tu en dis, Maude ?... MAUDE ???

Si vous connaissiez Maude, vous comprendriez mieux la réaction d'effroi de Mathieu. Maude est une fille en santé, comme on dit. Elle a les yeux pétillants, de bonnes joues rouges, et elle sourit sans effort. Pourquoi est-elle soudainement si pâle ?

— ... Maude ? répète Mathieu.

— Qu'est-ce qui se passe, Maude ? ajoute Roxanne.

Maude finit par déglutir et elle retrouve du même coup une partie de ses esprits :

— … Le père Francke ? dit-elle. Vous avez bien parlé du *père Francke* ? C'est un nom trop rare, ça ne peut pas être une simple coïncidence…

— … Tu le connais ? demande Mathieu.

— Mon père le connaît.

— Tu ne vas pas nous dire qu'il fait partie de son groupe de renaissance spirituelle, lui aussi ? dit Rox.

— C'est plus compliqué que ça… Écoutez, j'ai une histoire à vous raconter. Ça risque d'être un peu long, mais je vous jure que ça en vaut la peine. J'aime autant vous avertir, c'est assez tordu. Êtes-vous prêts ?

Chapitre 5

— C'est une histoire que mon père bio m'a racontée, commence Maude. Il avait mon âge – seize ans – quand c'est arrivé. Ça se passe donc dans les années quatre-vingt, quelque part par là.

— Excuse-moi de t'interrompre, Maude, dit Roxanne, mais qu'est-ce que tu veux dire par ton père bio ?

— Mon père biologique.

— Tu veux dire que ton père, celui qu'on connaît, n'est pas ton père biologique ???

— Exactement. C'est le mari de ma mère, et je l'ai toujours considéré comme mon vrai père, mais ce n'est pas mon père biologique.

— Pourquoi ne nous as-tu jamais parlé de lui ? poursuit Roxanne.

— Pourquoi est-ce que je l'aurais fait ? Il n'y a vraiment pas grand-chose à dire à son sujet. Il est parti s'installer à Québec quand je n'avais même pas six mois, et il n'a jamais habité avec ma mère. Il s'entend relativement bien avec elle, il vient parfois faire un tour dans le temps des fêtes, et c'est tout. Mon vrai père, c'est celui que vous connaissez : il s'est marié avec ma mère, il m'a adoptée et il m'a donné son nom. L'autre, mon père bio, n'est pas un personnage très important dans ma vie, et je considère qu'on en a déjà trop parlé. Je vous répète que mon histoire est un peu longue, et la cloche va sonner dans quinze minutes. Est-ce que je peux continuer ?

— Vas-y, on t'écoute, dit Rox.

— Bon. Mon père bio est allé dans un pensionnat très strict, très catholique et très isolé du reste du monde. Il me semble que c'était proche de Rivière-du-Loup, mais peu importe. Imaginez une école avec des boiseries partout, des vitraux, des fougères, une chapelle, la messe obligatoire, les élèves avec des vestons et des cravates même en plein été, vous voyez le genre. L'école était tenue par une communauté de frères enseignants – les frères du Précieux Sang, un nom bizarre dans ce genre-là. Les religieux étaient tous trop vieux pour enseigner. Ils se contentaient de dire la messe et de gérer l'établissement, et ils engageaient des professeurs ordinaires, des laïcs, pour donner les cours. Il n'y avait qu'une exception, mais elle était de taille. Certains cours de religion étaient donnés par un prêtre très jeune, bâti comme un athlète – ce qu'il était, d'ailleurs : mon père m'a raconté quelques-uns de ses exploits sportifs avec beaucoup d'admiration...

— Attends un peu, Maude. Tu vas nous dire que cet enseignant s'appelait le père Francke, c'est ça ?

— Tu as tout compris, Steve.

— ... C'est une coïncidence, c'est tout. Ça ne peut pas être le même homme !

— Tu crois vraiment qu'il peut y avoir plusieurs prêtres qui ont un physique d'athlète et qui s'appellent Francke ? Ça ne peut pas être une coïncidence, Steve !

— Mais c'était du temps de ton père, Maude ! Il faudrait que le père Francke ait été congelé pendant vingt ans, ou alors qu'il ait eu un enfant, et je pense qu'il est assez rare qu'on soit prêtre de père en fils...

— Ce n'est peut-être pas si bizarre que tu le penses, Steve, intervient Roxanne. Supposons que le père Francke ait eu vingt-deux ou vingt-trois ans à cette époque. Il aurait donc un peu plus de quarante ans aujourd'hui. Ce n'est pas *si* vieux. Le père Francke nous semble jeune *pour un prêtre*, mais il pourrait très bien avoir quarante ans, et peut-être même quelques années de plus. Il fait sûrement beaucoup de sport, et on peut aussi imaginer qu'il se teint les cheveux. C'est de plus en plus courant, chez les hommes. Mon père…

— Et si vous me laissiez finir ? dit Maude en regardant l'horloge. Ça en vaut la peine, vous allez voir.

Nous regardons l'horloge à notre tour, et nous nous taisons aussitôt, impatients de connaître la suite de l'histoire.

— Je disais donc que les professeurs étaient presque tous laïques, mais le but premier de l'école, sinon sa seule raison d'être, était de développer des vocations religieuses. Les mathématiques, l'histoire, le français, c'était secondaire.

— Es-tu vraiment obligée de nous expliquer le projet pédagogique de l'école ? intervient Mathieu. Le temps passe, Maude…

— C'est important pour mon histoire, oui, répond Maude sur un ton cassant. J'essayais de vous expliquer pourquoi il n'y avait que des garçons dans cette école. Le but était de former des *prêtres*. Est-ce que j'ai besoin de vous rappeler que l'Église catholique continue à exiger que tous ses représentants soient équipés d'un robinet sur le devant, et à leur enseigner qu'ils ne doivent jamais s'en servir pour se procurer du plaisir ? Il aurait été plutôt illogique d'admettre des filles dans une école destinée à former des prêtres, non ? C'est pourtant ce que les frères ont fait. Il faut croire qu'ils avaient de terribles difficultés financières pour en arriver à une décision aussi extrême. Ce n'était qu'une expérience, entendons-nous bien, et il était hors de question que ces filles soient pensionnaires. Comme l'expérience devait durer seulement un an, ils ont choisi de n'ouvrir leurs portes qu'à un petit groupe d'élèves de 5e secondaire : elles partiraient à la fin de l'année scolaire, ensuite on verrait… Imaginez maintenant une douzaine de filles de seize ans qui débarquent dans une école où il n'y avait jamais eu que des garçons…

— Des filles qui portent des uniformes d'écoles privées, poursuit Mathieu. Des blouses blanches, des jupes… Je ne sais pas pour toi, Steve, mais moi, je trouve ça très attirant…

— Moi aussi…

— Parmi les filles, reprend aussitôt Maude en regardant l'heure une fois de plus (il lui suffit maintenant de tourner les yeux vers l'horloge pour qu'on se taise), il s'en trouve une qui s'appelle Marie. Une très belle fille, très croyante et qui, dès le premier jour, s'est inscrite à la pastorale. Devinez maintenant qui était l'animateur de la pastorale ?

— Le père Francke, évidemment.

— Dix sur dix, Steve. Aussitôt qu'elle a deux minutes de libres, Marie file à la chapelle pour prier, ensuite elle court au local de pastorale pour aider le père Francke à préparer des paniers de Noël, ou disposer joliment des fleurs séchées sur l'autel, le genre de trucs que font les amateurs de pastorale. Elle semblait totalement subjuguée par le père Francke.

— Ça devait être frustrant pour les autres gars de l'école…

— J'imagine, oui. D'autant plus frustrant qu'à la fin du mois de décembre le scandale éclate : Marie est enceinte.

— Comme quoi ça peut aussi arriver dans les écoles privées, raille Mathieu.

— Marie est enceinte, poursuit Maude sans prêter attention à la remarque de Mathieu, et elle rayonne de bonheur. Elle l'annonce à tout le monde, sourire aux lèvres, en ne ratant aucune occasion de souligner qu'elle est toujours vierge…

— … Pas de doute, ça se passe bien dans une école privée, glisse Mathieu.

— Elle s'appelait Marie, elle était enceinte et elle prétendait être encore vierge ? dit Roxanne. Elle avait davantage besoin d'un psychologue que d'un gynécologue !

— Elle n'a eu ni l'un ni l'autre. On l'a expulsée de l'école…

— Ça ne m'étonne pas, dit Mathieu. C'est toujours comme ça qu'ils procèdent, dans les écoles privées. Quand un élève a des problèmes, on le met à la porte. C'est supposé l'aider.

— Tu as vraiment une dent contre l'école privée, toi ! réplique Maude. Mais laissez-moi terminer mon histoire, il ne reste qu'une minute, et ce que j'ai à dire est d'une importance capitale. Comme Marie n'avait jamais adressé la parole à un garçon de son âge et qu'elle était pâmée sur le père Francke, les soupçons ont vite pesé sur lui. Ce qui s'est passé ensuite, personne ne le sait. Le père Francke a disparu de la circulation.

— On peut imaginer qu'il a enlevé Marie et qu'ils sont allés vivre dans une maison mobile au fin fond du Nebraska, dans un trou perdu qui s'appelle Bethléem…

— Attends un peu, Steve, je pense que tu n'as pas bien compris ce que je viens de te dire, ou peut-être que je me suis mal exprimée : le père Francke n'a pas seulement disparu de la circulation, il s'est *volatilisé*. Quelqu'un l'a vu entrer dans sa chambre un soir, et personne ne l'a vu en sortir. Le lendemain, il avait *disparu*. Toutes ses affaires personnelles étaient restées là, ses vêtements, son rasoir et son portefeuille, tout. Mon père bio racontait qu'ils avaient même trouvé une discipline dans un tiroir de sa commode.

— Une *discipline*… ?

— C'était une sorte de fouet dont les religieux se servaient pour se mortifier, comme ils disaient. Ils s'en donnaient de grands coups dans le dos, et c'était supposé faire plaisir au Seigneur.

— … Le père Francke était sado-maso ?

— Je dirais plutôt maso-maso, mais là n'est pas la question… Écoutez-moi bien : le père Francke a disparu il y a vingt ans, dans des circonstances pour le moins étranges. Tous ceux qui ont vécu ces événements s'en souviennent encore, et mon père bio avait des frissons quand il m'a raconté cette histoire. Vous ne trouvez pas ça bizarre, vous autres, que ce prêtre qui a disparu sans laisser de traces rebondisse ici vingt ans plus tard pour organiser une exposition de statues pendues la tête en bas ? Moi, je trouve ça inquiétant, pour dire le moins.

Je ne sais pas si Maude a prévu que cette dernière phrase soit prononcée un quart de seconde avant que la cloche sonne, mais l'effet est réussi : je ne peux pas faire autrement que de sursauter.

— Et Marie ? s'empresse de demander Roxanne. Qu'est-ce qui est arrivé à Marie ?

— Aucune idée, répond Maude. Mon père ne l'a jamais su.

— Votre père Francke pourrait-il être le fils de Marie ? demande Mathieu.

— Impossible, rétorque Roxanne. *Notre* père Francke, comme tu dis, est trop vieux pour être le fils de l'autre, j'en mettrais ma main au feu.

— Je voudrais l'emprunter, madame…

Qui c'est, celui-là ? Un élève de 1re secondaire, qui dépose un gros livre de Stephen King sur le comptoir. Il y a tellement de questions qui se bousculent dans ma tête que j'avais oublié que nous étions dans une bibliothèque…

— Ça m'intrigue, moi, cette histoire-là, dit Mathieu tandis que Roxanne démagnétise le roman avant de le remettre à l'élève. Ça m'intrigue même beaucoup… Ça commence quand, déjà, cette exposition ?

Chapitre 6

Aucun doute possible, ce sont de véritables crânes humains. Certains sont empilés en pyramide, tandis que d'autres sont simplement déposés sur des tablettes de bois, à la hauteur des yeux, et semblent nous fixer à travers leurs orbites vides. Il n'y a pas moyen d'échapper à ces regards aveugles, quel que soit l'angle sous lequel on s'approche de cette installation. Tous les visiteurs se sentent interpellés et s'arrêtent pour lire l'écriteau, qui leur apprend que ces ossements proviennent tout droit de catacombes romaines et qu'ils datent du premier siècle après le Christ. J'imagine qu'on a dû les enduire d'un produit spécial pour les conserver en si bon état : ils ont l'air presque neufs, si je peux dire.

En tout cas, ça donne un choc : ces crânes ont presque deux mille ans, et ils sont là, qui nous regardent…

En poursuivant leur lecture, les visiteurs de l'exposition apprennent que des milliers de chrétiens ont été exécutés par les Romains pendant les premiers siècles de l'Église. Il fallait du courage pour afficher sa foi, dans ces années-là : une parole de trop, et on vous crucifiait, on vous brûlait sur des bûchers ou on vous donnait en pâture aux lions… Tout le monde a appris ça dans ses cours d'histoire, mais c'est quand même autre chose que de le lire en se sentant observés par ceux-là mêmes qui ont subi ces tortures. Ce crâne, sur le dessus de la pyramide, appartenait peut-être à un de ces chrétiens qui ont été dévorés par des bêtes sauvages, pour le plus grand plaisir des milliers de Romains qui assistaient aux jeux du cirque… Il faudrait faire visiter cette exposition à tous ceux qui pensent que le hockey est un sport violent : peut-être que ça les ferait changer d'idée. Peut-être aussi qu'il faudrait en parler à M. Barcelo : s'il déposait un de ces crânes sur le coin de son bureau avant de commencer son cours, on aurait moins tendance à dormir, le lundi matin. Ce serait une façon comme une autre de rendre sa matière plus *vivante*.

Installé depuis un bon moment près de la pyramide de crânes, j'observe les réactions des visiteurs. Tout le monde doit d'abord montrer patte blanche devant l'agent de sécurité, à l'entrée de l'exposition, un grand Noir de plus de six pieds, bâti sur le même modèle que le père Francke, et qui prend son rôle très au sérieux. Impossible d'entrer sans déposer au vestiaire caméras, appareils photo et téléphones cellulaires. Tous les sacs à main, serviettes et attachés-cases sont systématiquement fouillés. « Certains objets exposés proviennent de grands musées européens, explique l'agent à ceux qui s'étonnent de la sévérité de ces interdictions, et les droits de reproduction sont RIGOUREUSEMENT interdits. » La plupart des visiteurs, n'ayant aucune envie de discuter avec le gardien, obéissent sans poser plus de questions, mais j'en entends quelques-uns qui chuchotent entre eux. « Il y avait moins de mesures de sécurité au British Museum ! C'est quand même incroyable, non ? », dit l'un d'eux. « S'imagine-t-il vraiment qu'une photo prise sur un téléphone cellulaire puisse avoir une quelconque valeur commerciale ? C'est ridicule ! » ajoute un autre. Ces commentaires sont cependant toujours prononcés à voix très basse, et le plus loin possible du gardien.

Certains visiteurs échangent des commentaires intrigués devant les statues inversées, d'autres discutent des qualités esthétiques des tableaux représentant des scènes de l'enfer, mais tous ceux qui parlaient un peu fort à l'entrée se taisent respectueusement quand ils arrivent à proximité de la pyramide de crânes. J'en vois qui réagissent en reculant d'un pas, mais ils finissent tous par s'approcher du panneau pour lire les explications, et ils s'en éloignent ensuite en murmurant.

Je ne suis pas un amateur d'expositions. En fait, je ne suis allé qu'une fois dans un musée avec un groupe de mon école, et j'ai trouvé l'expérience tellement ennuyeuse que je me suis promis de ne jamais y retourner. Mais j'ai souvent vu ce genre de scène, au cinéma : la caméra se promène dans une galerie de New York ou de Paris et nous montre en gros plan des gens très riches qui échangent des propos désabusés et boivent du champagne en levant le petit doigt. Certains visiteurs de l'exposition du père Francke ressemblent un peu à ces snobs qu'on voit au cinéma. J'arrive mal à saisir leurs conversations, mais ce sont incontestablement des amateurs d'art, et ils semblent perplexes devant les statues inversées. « Je dois admettre que ça témoigne d'une certaine audace », dit une femme du bout des lèvres, comme si elle n'était pas certaine d'avoir le droit d'aimer ça.

Il y a aussi un bon nombre de prêtres et de religieuses dans l'assistance, et certains d'entre eux sont vêtus à l'ancienne mode, avec soutanes et cornettes. Je compte plusieurs Haïtiens et Africains parmi eux, et certains me semblent assez jeunes, du moins pour des religieux. Je leur donnerais une trentaine d'années, pas plus. Ils paraissent choqués par ce qu'ils voient, et particulièrement par les statues inversées. Certains font des signes de croix, comme pour se protéger de quelque démon, mais ils continuent pourtant leur visite, les yeux écarquillés.

Les autres visiteurs sont des quadragénaires ordinaires, comme Marithé, que j'observe du coin de l'œil. Elle discute avec des amies qui font sans doute partie de son groupe de renaissance spirituelle, et elle semble absolument ravie d'être ici. C'est avec elle que nous sommes venus, Roxanne et moi, et nous devons évidemment attendre qu'elle décide de rentrer chez elle si nous voulons profiter de son automobile. À moins de tenir absolument à nous taper une promenade de quinze kilomètres sous la pluie… Pas sûr que Roxanne apprécierait, avec son genou en compote.

Si j'avais le choix, je partirais tout de suite : il fait très chaud dans ce sous-sol mal aéré, ça sent le vieux manteau mouillé, et plus la foule de densifie, plus je me sens observé d'une façon très désagréable.

Roxanne et moi sommes les deux seuls jeunes dans cette salle, et les adultes qui nous entourent semblent nous considérer soit comme des intrus, soit comme des bêtes curieuses. J'essaie de me faire le plus discret possible en lisant dix fois plutôt qu'une les panneaux explicatifs, mais je commence à en avoir assez de relire que les œuvres ont été transportées par une grande compagnie d'aviation et que l'exposition n'aurait pu être présentée sans une permission spéciale de l'archevêché, des subventions du Conseil des arts et la commandite d'une aluminerie.

Pourquoi donc ai-je la désagréable impression que tout le monde nous regarde de travers ? Un jeune n'a-t-il pas le droit de visiter une exposition ? Sommes-nous vraiment plus incongrus que ces statues de saints pendues la tête en bas ?

Je serais plus à l'aise si Mathieu et Maude étaient là, mais Maude avait un entraînement de volley, et Mathieu préférait venir un autre jour. « Rien ne m'oblige à assister au vernissage, m'a-t-il dit au téléphone, et le père Francke n'a pas besoin de savoir que nous nous connaissons. » Je ne voyais pas ce que ça changerait, mais je me suis rendu à ses arguments.

Je commence à étouffer sérieusement dans cette foule, et je ne vois pas ce que je pourrai apprendre de plus en restant jusqu'à la fin de la soirée. Si je sortais prendre l'air ? Bonne idée. Mais, d'abord, je dois prévenir Roxanne, qui vient de se faire apostropher par une vieille tante qui lui raconte par le détail toutes les opérations qu'elle a subies au cours du dernier quart de siècle. Roxanne l'écoute en hochant la tête, mais je me doute qu'elle bâille intérieurement, et peut-être même qu'elle se récite ses conjugaisons pour éviter de tomber dans un sommeil profond. Raison de plus pour aller lui parler : je la tirerai d'embarras par la même occasion…

Je fais un pas vers ma bien-aimée, mais tout le monde se met à toussoter en même temps, et le silence tombe bientôt comme un grand filet sur l'assistance, qui se dispose en demi-cercle autour du père Francke. Si j'avais su que nous aurions droit à un discours, j'aurais manœuvré pour me déplacer vers le fond de la salle, mais je me trouve sans le vouloir aux premières loges, juste devant le père Francke, qui s'éclaircit la gorge avant de s'adresser à nous. Trop tard pour reculer, je devrai subir son sermon.

— Mes bien chers frères, mes bien chères sœurs, très chers amis, dit-il en roulant ses *r*, je veux d'abord vous remercier de vous être déplacés en si grand nombre pour assister à cette exposition qui, j'en suis sûr, marquera d'une pierre blanche notre vie spirituelle…

Cet homme-là a déjà fait des sermons, et ça s'entend : la salle où nous nous trouvons n'est pas si grande, mais il projette sa voix comme s'il était dans une cathédrale. Il a beau nous débiter des banalités (il remercie le curé de la paroisse, les commanditaires sans qui cet événement n'aurait pu avoir lieu, et patati et patata), il n'y a pas moyen de ne pas l'écouter. Il parle très lentement et sépare soigneusement chacun des mots, qu'il prononce avec un accent tellement bizarre qu'ils apparaissent nouveaux. On a l'impression de les entendre pour la première fois, ou plutôt de les redécouvrir, comme ces personnes qu'on n'a pas vues depuis longtemps et qu'on croise dans la rue : elles sont pareilles à elles-mêmes, sans quoi on ne les aurait pas reconnues, et pourtant tellement différentes… J'ai l'impression très nette que le père Francke pourrait parler beaucoup plus vite s'il le voulait, mais qu'il s'efforce de ralentir, comme s'il cherchait à nous hypnotiser, enrobant chacun de ses mots dans un poison subtil pour qu'ils se vissent dans nos oreilles et nous pénètrent aussi profondément que possible. La tactique est très efficace : même moi, qui suis pourtant doué pour voyager dans la lune pendant que les professeurs donnent leurs cours, je ne peux pas faire autrement que de l'écouter. Je me sens bientôt engourdi, presque paralysé. Ça me met tellement mal à l'aise que je me secoue et que je regarde autour de moi pour me changer les idées.

Je jette un regard vers la gauche, puis vers la droite : tout le monde semble hypnotisé par les paroles du père Francke, y compris les deux ou trois critiques d'art, que je soupçonne pourtant de ne pas être de grands dévots. La mère de Roxanne, qui est tout près de moi, a les yeux écarquillés, la bouche entrouverte, et elle se tient parfaitement immobile, comme si elle voulait absorber la moindre parole de son guide spirituel et s'en imprégner jusqu'au bout des ongles. Le père Francke n'en est encore qu'à ses remerciements, et il a déjà mis toute l'assistance dans la petite poche de sa soutane.

Cet homme-là a un tel charisme que ça fait peur. Divisez son autorité naturelle par mille, dispersez-en les fragments parmi les professeurs de mon école, et vous venez de régler une fois pour toutes le problème du décrochage scolaire. Il faut souvent déployer de grands efforts pour écouter nos professeurs, mais avec lui, c'est le contraire : il n'y a pas moyen de ne pas l'écouter, c'en est hallucinant.

Il prend maintenant un air contrit et parle à voix si basse qu'il faut tendre l'oreille pour entendre ses paroles. Si son but était de faire taire les derniers murmures, c'est réussi : c'est dans un silence total qu'on l'écoute s'excuser bien humblement auprès des honnêtes artisans qui ont fabriqué les statues suspendues ici la tête en bas, et qui ne s'attendaient sûrement pas à ce qu'on traite leurs œuvres de cette façon. S'ils vivaient encore, ces artisans auraient sans doute crié au sacrilège, et ils auraient eu raison : c'est en effet un sacrilège que d'inverser des représentations d'hommes et de femmes qui ont offert leur vie au Seigneur.

Puis, le père Francke abandonne son air contrit et se met à nous parler de plus en plus fort, tout en balayant l'assistance de ses yeux de braise. J'essaie de soutenir son regard quand il se pose sur moi, mais je dois bientôt baisser la tête. Cet homme-là me fait peur et je n'ai pas envie de communier avec lui, ne serait-ce que par le regard.

— ... Mais ces artisans vivaient à une époque où l'on vénérait les saints, poursuit-il d'une voix soudainement plus profonde, qui évoque un lointain roulement de tonnerre. Une époque où l'on respectait les artisans, une époque où l'on craignait les foudres de l'Éternel ! Certains prétendent que nous sommes entrés dans une nouvelle ère, que l'on appelle pompeusement l'ère moderne. Je crois plutôt, mes bien chers frères, que nous sommes entrés de plain-pied dans l'ère du *sacrilège*. Sacrilèges que ces émissions de télévision où, sous couvert d'humour, l'on ridiculise le Seigneur ! Sacrilèges que ces vedettes de cinéma dont on nous rapporte les moindres paroles dans les journaux, comme si les récits de leurs coucheries, de leurs divorces ou de leurs régimes amaigrissants pouvaient élever nos âmes ! Sacrilèges que ces danses lascives, cette nudité omniprésente, ces romans qui flattent les plus bas instincts…

Je ne vais pas vous transcrire son discours au complet, n'ayez pas peur. En résumé, le père Francke croit que l'ère du sacrilège – qui a commencé, selon lui, vers la fin du Moyen Âge – n'a rien apporté de bon à l'humanité et que tout ce que nous considérons comme un progrès n'est qu'illusion. Aucune invention ne trouve grâce à ses yeux, la pire de toutes semblant être le réseau Internet, par lequel l'empire du Mal étend partout ses tentacules. Si nous voulons être sauvés, il faut réapprendre le sens du sacrifice, se nourrir de la crainte de l'Éternel et affronter avec courage la douleur.

— Seule la douleur est salvatrice, la sainte douleur par laquelle nous pouvons apaiser les souffrances du Christ !

Ce n'est là qu'un résumé, mais je vous jure qu'il est fidèle au propos du père Francke. Si je le remettais à un professeur, il serait obligé de me donner dix sur dix, et il me féliciterait pour mon esprit de synthèse. Mais l'important n'est pas tant ce que dit le père Francke que cette voix puissante qui résonne sur les murs, rebondit sur les colonnes et pénètre insidieusement dans nos oreilles, cette voix qui contient difficilement une immense colère qui fait trembler le sol sous nos pieds. Je comprends mieux maintenant comment s'y prenaient les tyrans pour galvaniser les foules ou comment les généraux envoyaient leurs troupes à l'abattoir : ce que dit le père Francke n'a aucun sens, mais ça n'a pas d'importance. Ce qui compte, c'est que ses mots chargés de haine font trembler le sol, qu'ils s'insinuent dans toutes les parties de notre corps et qu'ils se branchent sur nos propres colères pour les dévier de leur cours normal. On se sent peu à peu submergé par cette énergie irrépressible, on se noie sous ses phrases interminables, et on se sent bientôt *soulagé* : pourquoi résister, alors qu'il est si facile de se laisser porter par cette vague irrésistible ? Plus besoin de penser, plus besoin de réfléchir, il suffit de mettre son esprit critique en veilleuse et de se laisser emporter par le courant. Un homme qui dégage autant d'énergie ne peut pas se tromper.

Écoutez-le, et plus jamais vous ne connaîtrez le doute…

Il nous parle maintenant du Mal qui existe autour de nous, et j'ai vraiment l'impression que Satan est là, à mes côtés, invisible mais pourtant présent, *encore plus présent parce qu'invisible*, et qu'Il n'attend qu'une occasion pour se métamorphoser en un monstre hideux.

— Oui, mes bien chers frères, le Mal existe, le Mal est là, autour de nous, le Mal est en nous depuis le jour de notre naissance…

Poursuivant sa tirade avec un enthousiasme renouvelé, il nous martèle que le Mal existe, et chaque fois qu'il prononce le mot Mal, je vois des lueurs inquiétantes s'allumer dans ses yeux et je sens la température de la pièce augmenter de quelques degrés. Vous pensez que je suis devenu fou ? Comment faire autrement, dans cette pièce surchauffée, surpeuplée, où l'assistance boit les paroles du père Francke et où des religieuses à cornettes hochent la tête et se signent chaque fois qu'il évoque le Malin. Même les critiques d'art gobent toujours ses paroles, bouche bée.

Je profite de ce que le père Francke regarde dans une autre direction pour échanger un coup d'œil avec Roxanne. Elle plisse le front et lève les yeux vers le plafond avant de secouer légèrement la tête de gauche à droite, comme pour me montrer qu'elle se dissocie de ce qu'elle entend, et je me sens rassuré. Je fronce les sourcils en hochant discrètement la tête pour lui montrer que je suis sur la même longueur d'ondes, et j'essaie de lui envoyer un message télépathique : *Tous les adultes sont-ils devenus fous, Rox ? Sommes-nous les seuls à ne pas être tombés sous l'emprise de ce dément ?*

Elle n'a sûrement pas compris mot pour mot ce qui me traversait la tête, mais je suis certain qu'elle en a saisi l'essentiel : elle hausse imperceptiblement les épaules pour me faire part de son incompréhension, puis elle m'invite du regard à observer sa mère, qui continue à boire les paroles du père Francke avec avidité. Je n'en reviens pas : comment une femme aussi intelligente que Marithé peut-elle prêter de la crédibilité à ce discours stupide ? J'ai envie de lui envoyer un message télépathique, à elle aussi : *Eh, oh, Marithé, ce prêtre veut nous faire croire que Lucifer existe et qu'il va venir nous piquer les fesses avec sa fourche ! Je compte jusqu'à trois, et on se réveille, d'accord ? C'était un mauvais rêve, c'est tout… Attention : un, deux, trois…*

Ça ne marche pas : j'ai beau river mon regard sur elle et lui hurler intérieurement de se réveiller, la mère de Roxanne reste sourde à mon message, d'autant plus sourde que le père Francke n'en finit plus de monter le volume. Cet homme-là est vraiment le maître du crescendo, et on dirait même qu'il réussit à ajouter de la basse, pour que le sol tremble encore plus. Il faut vite que je trouve un moyen de débrancher mon esprit, sinon je vais me mettre à croire moi aussi que Satan s'apprête à prendre possession de mon âme.

J'essaie d'imaginer que je suis à l'école et que le père Francke est un professeur comme les autres. (Heureusement que ce n'est pas le cas ! À tout prendre, je préfère que nos professeurs soient ennuyeux !!!) J'essaie de me concentrer sur sa façon de parler, sur ses tics et ses manies plutôt que de me laisser emporter par son discours : c'est toujours une bonne façon de passer le temps quand on est condamné à être assis dans une salle de classe.

J'observe d'abord que de petites veines en forme de fourches apparaissent sur ses tempes chaque fois qu'il parle de l'enfer. Ça commence mal : plutôt que de me changer les idées, mon observation me donne des frissons.

Plus il avance dans son discours, plus il semble avoir du mal à prononcer ses *r*, comme certains Noirs. En fermant les yeux, j'ai même l'impression d'entendre M. Toussaint, mon professeur de mathématiques de l'année dernière, mais l'illusion se dissipe aussitôt que j'ouvre les yeux : l'homme qui est devant moi est blanc comme une hostie… Se peut-il qu'il ait attrapé cet accent en Afrique ? En tout cas, le contraste entre son accent et sa couleur est troublant.

Ça y est, j'ai réussi à me débrancher de son discours et j'essaie maintenant de ne plus l'écouter du tout, comme si j'avais appuyé sur *mute*. Je regarde cette soutane luisante, cette musculature à la Superman, ces dents immaculées, dignes de figurer en gros plan dans une publicité de dentifrice, ces cheveux ondulés que rien ne déplace jamais, ce front lisse sur lequel ne perle aucune goutte de sueur. Comment le père Francke arrive-il à ne pas transpirer alors qu'on crève de chaleur dans cette salle, qu'il est vêtu d'une soutane boutonnée jusqu'au cou et qu'en plus il dépense une quantité folle d'énergie à essayer de nous terroriser ? Juste à l'idée de parler devant autant de monde, je serais trempé comme une lavette !

Une pensée étrange me traverse alors l'esprit à la vitesse d'un éclair, un éclair tellement lumineux qu'il éclaire tout, jusqu'au moindre détail : cet homme-là *n'existe pas*. C'est une projection 3D, un hologramme, un ectoplasme, je ne sais pas ce que c'est au juste, mais ce n'est pas un homme normal, il est… il est *trop parfait*, comme ces images de synthèse qu'on voit au cinéma : on peut se laisser prendre un moment par les effets spéciaux si on décide d'y croire, mais aussitôt qu'on décroche…

Le père Francke parle fort, il a une présence stupéfiante et il est bâti comme un athlète de cinéma… Il existe *trop*, et c'est précisément ce *trop* qui renforce mon intuition : cet homme-là *n'existe pas*.

Le père Francke a maintenant terminé son discours et il me fixe droit dans les yeux. Cette fois-ci, je soutiens son regard… pendant trente secondes. J'ai beau penser qu'il n'existe pas, ça ne m'empêche pas d'avoir peur, bien au contraire.

Je lance un regard désespéré à Roxanne : *Quand est-ce qu'on part ? Je veux rentrer chez moi, je veux regarder le hockey à la télévision, je veux être n'importe où sauf ici, qu'est-ce qu'on est venus faire dans cette histoire de fous, Rox ?*

Chapitre 7

— Il faut faire quelque chose, dit Roxanne à voix basse. Tu as vu dans quel état cet homme-là a mis ma mère ? Ça n'a aucun sens ! L'as-tu vue bourdonner autour de lui, tout le temps qu'on était à l'exposition ? Et l'as-tu entendue, dans l'auto ? Le père Francke par-ci, le père Francke par-là, il est tellement ceci, il est tellement cela… Cet homme arrive à lui faire gober n'importe quoi, elle n'a plus une once d'esprit critique !

— … Tu n'as pas peur qu'elle nous entende ?

— Pas de danger : la porte de la véranda est fermée. Et ça ne changerait rien, de toute façon : elle n'entend que lui, elle ne parle que de lui, elle ne pense qu'à lui ! Le pire, c'est que maintenant que nous sommes allés à son exposition, elle va s'imaginer que nous allons nous convertir à notre tour. Fais attention à toi, Steve, ça ne m'étonnerait pas qu'elle t'invite à une de ses sessions de renaissance spirituelle.

Je ne peux pas m'empêcher de regarder par-dessus mon épaule : la porte de la véranda est fermée, et la mère de Roxanne est sûrement endormie à l'heure qu'il est. Il était presque dix heures du soir quand nous sommes rentrés de l'exposition, et comme Marithé se lève toute la semaine à cinq heures du matin pour aller travailler en ville, elle est normalement endormie depuis longtemps à cette heure-là. Elle s'est donc mise au lit aussitôt rentrée, et, sa chambre étant située à l'autre extrémité de la maison, il n'y a aucun danger qu'elle nous entende.

— Ma mère n'est jamais allée à la messe de toute sa vie, ou du moins depuis qu'elle est adolescente, poursuit Rox d'une voix basse qui rend sa colère encore plus palpable. Elle ne croyait plus en Dieu depuis ce temps-là, et la voilà obnubilée par un prêtre qui lui parle de Satan ! Qu'est-ce qui a bien pu lui arriver ? Une femme si intelligente ! J'ai peur qu'elle vire folle, Steve…

Je comprends Roxanne d'être bouleversée : c'est toujours difficile de voir sa mère perdre le nord. J'en sais quelque chose: quand mon frère est mort, il y a deux ans, ma mère est restée prostrée dans son lit pendant des mois, ne se levant que pendant la nuit pour marcher de long en large dans le salon. Comme ma chambre est au sous-sol, j'entendais ses pas qui faisaient craquer le plancher, et ça me réveillait. Elle marchait jusqu'à la fenêtre du salon, comme si elle s'attendait à voir mon frère rentrer au milieu de la nuit, elle retournait vers sa chambre, puis elle marchait encore une fois jusqu'à la fenêtre, comme si elle ne pouvait pas se faire à l'idée de sa mort, et ensuite elle recommençait, encore et encore… Peut-être qu'elle aurait arrêté son manège si elle avait su qu'elle me réveillait, mais je n'ai jamais osé lui en parler. Je me disais que ça la faisait sortir de sa chambre, c'était déjà ça.

— S'il y a une chose qui est certaine, Rox, c'est que ça n'a rien à voir avec l'intelligence: ma mère n'était pas moins intelligente quand elle était en dépression, et elle n'est pas plus intelligente depuis qu'elle s'en est sortie.

— … Tu… tu penses que ma mère fait une *dépression* ? Ça ne lui ressemble tellement pas…, finit par dire Roxanne d'une voix tremblante.

— Écoute, Roxanne, je ne connais pas beaucoup ta mère et je ne suis pas médecin ni psychologue, mais ça paraît quand même possible. Souviens-toi de Mme Gélinas, notre prof de biologie : on ne pouvait pas trouver de professeur plus dynamique dans toute l'école, et pourtant elle a été obligée de prendre un congé de six mois.

— Ce n'est pas la même chose, Steve : Mme Gélinas travaillait trop, et elle a fait un *burnout*…

— Je suis loin d'être un expert de ces choses-là, mais un *burnout*, c'est une sorte de dépression, non ? C'est juste que ça se déclenche au travail…

— Je suis désolée, Steve, mais je n'arrive tout simplement pas à mettre les mots *Marithé* et *dépression* dans la même phrase. Ça… ça me fait peur.

— C'est un mot inquiétant, je sais, mais c'est aussi rassurant, d'une certaine manière : une dépression, ça se soigne, et on finit par s'en sortir. Et si ta mère n'est pas en dépression, il faudrait admettre qu'elle embarque dans les histoires du père Francke de son plein gré. Ce serait bien plus inquiétant, si tu veux mon avis.

— Tu as peut-être raison…

Roxanne pousse un long soupir, puis elle me parle longuement de sa mère, et je sens que sa colère s'estompe peu à peu. Je ne vous rapporterai pas tout ce qu'elle m'a dit, ce serait trop long, mais je pense quand même qu'il est important que je vous parle un peu de Marithé.

La mère de Roxanne est plutôt menue – sa fille la dépasse d'une tête –, mais elle est dans une forme physique exemplaire. Elle est du genre à fréquenter un gymnase trois fois par semaine à l'heure du midi, à y retourner parfois le soir quand elle ne travaille pas, et à faire du vélo ou du ski chaque dimanche. Du genre aussi à faire attention à tout ce qu'elle mange, à se préoccuper de son taux de cholestérol et à lire toutes les étiquettes pour vérifier si les produits qu'elle consomme contiennent suffisamment d'oméga-3 et de fibres. C'est un peu agaçant, mais c'est moins pire que d'avoir une mère qui empeste la maison avec ses cigarettes, quand on y réfléchit un peu. On ne peut pas éviter la fumée secondaire, mais personne n'est obligé d'écouter ses parents quand ils radotent. Il suffit de faire comme avec les profs : on appuie sur *mute*, on mange nos céréales et on pense à autre chose en attendant que ça finisse, voilà tout. N'empêche qu'elle parle *vraiment beaucoup* de ce qu'elle mange, ces temps-ci, souligne Roxanne. Elle arrive toujours à la maison avec une nouvelle sorte de poudre, de tisane ou de potion, comme si elle cherchait un remède à une maladie jamais définie.

On comprendrait qu'elle manque parfois d'énergie, au rythme où elle travaille : elle quitte la maison à six heures chaque matin pour éviter les bouchons de circulation, elle passe ses journées à son bureau du centre-ville de Montréal, et quand elle téléphone à Roxanne, vers cinq heures, c'est habituellement pour lui annoncer qu'elle a une réunion importante et qu'elle ne rentrera qu'à la fin de la soirée. Elle travaille pour un producteur de télévision, à qui elle doit régulièrement présenter de nouvelles idées d'émissions. Il n'y a qu'un projet sur dix qui sera vraiment mis en ondes, et c'est donc un travail très frustrant. Imaginez maintenant comment on se sent quand on a travaillé sur un de ces projets pendant six mois, que ce projet est sur le point d'aboutir, et qu'on s'aperçoit qu'un concurrent nous a volé notre idée. À lui tous les bénéfices, à vous les blâmes. C'est exactement ce qui est arrivé à la mère de Roxanne au début de l'été, *juste avant qu'elle se mette à fréquenter un certain groupe de renaissance spirituelle*…

Plus Roxanne me parle de sa mère, plus l'hypothèse de la *dépression*, ou du *burnout*, ou de la *fatigue professionnelle*, appelez ça comme vous voudrez, semble se confirmer.

— … Et avec ton père, comment ça va ?

La question me vaut un soupir encore plus long que le précédent, comme je m'y attendais. Le sujet a toujours été délicat, et il semble particulièrement sensible ces jours-ci.

Les relations entre le père et la mère de Roxanne mériteraient un chapitre complet, sinon tout un livre, mais je vais vous les résumer en quelques lignes : ils se sont mariés deux fois, ils ont divorcé les deux fois, ils se sont ensuite remariés chacun de leur côté avant de divorcer une fois encore chacun de leur côté ; puis, ensemble cette fois-là, ils se sont remis en ménage sans se marier ; ils se sont ensuite séparés pour essayer de vivre en couple sans habiter dans la même maison, et ainsi de suite pendant près de vingt ans. Ils semblent incapables de vivre ensemble, mais tout aussi incapables de vivre séparément.

Roxanne a parfois un père à la maison, parfois non. Et quand il est là, il lui arrive souvent de s'absenter pendant de longues périodes, soit parce qu'il travaille à l'extérieur (il est ingénieur du son et il est sollicité pour collaborer à des films partout au Canada, et parfois à l'étranger), soit parce qu'il y a quelqu'un d'autre dans sa vie, ou encore pour les deux raisons en même temps. Il semble que ce soit le cas ces jours-ci, ce qui laisse présager une autre rupture…

— Et tu penses encore que tu ne peux pas mettre *Marithé* et *dépression* dans la même phrase, Rox ? Il me semble pourtant que tous les ingrédients sont réunis…

— …

Il est maintenant presque minuit, et il y a déjà un bon moment que nous ne disons plus rien. Roxanne regarde par l'une ou l'autre des fenêtres de la véranda sans vraiment regarder, et elle fait parfois mine de commencer une phrase, sans jamais y arriver. Je ne sais pas trop si je devrais lui poser d'autres questions (mais pourquoi remuer le fer dans la plaie ?) ou encore me taire et me contenter de rester là, pour qu'elle sache que je suis toujours avec elle, quoi qu'il arrive. Mais peut-être ferais-je mieux de rentrer chez moi et de la laisser à ses réflexions ? Le plus sage serait dans doute de lui poser la question :

— Qu'est-ce que tu attends de moi, Roxanne ?

— …

Ce n'est pas parce qu'elle est mêlée dans ses idées qu'elle ne me répond pas, cette fois-ci, mais plutôt parce qu'une automobile vient de s'engager dans l'entrée et que ses phares nous éblouissent. Qui donc peut arriver à cette heure-là ? C'est sans doute son père. Dans ce cas, je suis peut-être mieux d'en profiter pour m'esquiver en douce…

Je n'ai pas fini de me poser des questions sur la meilleure attitude à adopter que les phares du véhicule s'éteignent et que je vois Mathieu descendre, seul, de la grosse Jeep Grand Cherokee de ses parents.

Roxanne et moi sortons aussitôt de la véranda pour aller à sa rencontre, et nous sommes tous les deux saisis par la fraîcheur de la nuit.

— Désolé de vous déranger, nous dit-il à voix basse en arrivant près de nous, mais il faut absolument que je vous parle. Je savais que j'avais des chances de vous trouver ici, et…

— Maude n'est pas avec toi ? demande Roxanne.

— Elle avait son entraînement de volley, ce soir. Je suis allé chez elle en revenant de l'exposition, mais il n'y avait pas de lumière et je n'ai pas osé déranger toute sa famille en sonnant à la porte. Il n'y avait pas de lumière chez vous non plus, Steve. Tes parents doivent sûrement dormir. J'ai pensé que vous seriez peut-être ici…

— … Tu reviens de l'exposition ? Comment ça se fait qu'on ne t'a pas vu ?

— Parce que je suis arrivé en retard, tout bêtement. C'est ce qui m'a permis d'apprendre quelque chose d'assez effrayant sur le père Francke. Mais vous ne croyez pas qu'on devrait rentrer pour en parler ? On gèle, ici.

Chapitre 8

Mathieu s'installe dans le fauteuil en osier, en face du canapé sur lequel Roxanne et moi avons pris place, mais sans s'y asseoir profondément. Il ne fait que poser le bout de ses fesses sur l'extrémité du coussin, de façon à être le plus proche possible de nous. Il souffle ensuite dans ses mains pour les réchauffer, mais je devine qu'il essaie plutôt de mettre de l'ordre dans ses idées. Ses yeux se promènent de gauche à droite, comme s'il se demandait par quel bout commencer, et plus il hésite, plus nous sentons la tension monter : il est d'une pâleur cadavérique, ses yeux sont affolés, et son pied droit est agité de spasmes. Je ne l'ai jamais vu dans cet état, et je meurs de curiosité d'entendre enfin ce qu'il a à nous dire.

— Veux-tu boire quelque chose ? demande Rox. Un café, peut-être, même s'il est un peu tard pour ça ? Ou alors de l'eau, du jus…

Je lui en veux presque de remplir ses devoirs d'hôtesse : s'il fallait que Mathieu lui demande de préparer du café, il faudrait attendre encore dix minutes avant qu'il commence…

— Ce ne sera pas nécessaire, je te remercie… Je n'ai sûrement pas besoin de café pour me réveiller… Peut-être plus tard… Écoutez, je n'ai pas envie de vous faire languir et je veux vous raconter mon histoire le plus clairement possible, mais je pense qu'il faut que je commence par le commencement, sinon je serai obligé de répondre à vos questions de toute manière, et c'est déjà bien assez mêlant…

— Vas-y, Mathieu, on t'écoute…

— Bon… Ce soir, Maude était à son entraînement de volley, comme vous le savez. J'étais tout seul chez moi et je n'avais rien à faire de particulier. J'ai essayé d'écrire un peu, mais rien ne venait. Lire, c'était encore pire : j'avais trop de mal à me concentrer. Je pensais tout le temps à ce que vous nous avez raconté à la bibliothèque à propos du père Francke et de son exposition. Les statues inversées, la pyramide de crânes… Ça me fascinait, ça m'obsédait. Pas moyen de m'enlever cette histoire-là de la tête. Plus le temps passait, plus je me demandais ce que je faisais à tourner en rond à la maison plutôt que de visiter l'exposition avec vous. J'avais dit que j'irais un autre jour, mais pourquoi attendre, alors que je pouvais y aller dès ce soir, surtout que l'auto de mes parents était là, dans l'entrée ? Ils n'allaient sûrement pas s'en servir vu qu'ils avaient reçu des amis à souper et qu'ils avaient déjà bu pas mal de vin, même que ça ferait sans doute leur affaire que je disparaisse… À dix heures moins le quart, après avoir longtemps hésité, je me suis enfin décidé à aller vous rejoindre au sous-sol de l'église.

— Trop tard, glisse Roxanne. L'exposition fermait à neuf heures et demie.

— *Toi*, tu le savais. Moi, non. Je n'ai jamais reçu de carton d'invitation, je n'ai pas lu non plus d'annonce dans les journaux, alors je me suis dit que ça se terminerait sans doute tard, vu que c'était le soir du vernissage ; j'aurais donc le temps de voir un peu à quoi ressemblaient ces fameuses statues… Bref, je suis arrivé à dix heures. Trop tard pour visiter l'exposition officielle, mais juste à temps pour voir ce qui s'est passé *ensuite*…

Mathieu a prononcé ce mot d'une voix si faible que je sens moi aussi le besoin de m'asseoir du bout des fesses sur le canapé, et Roxanne ne tarde pas à en faire autant. Nous sommes maintenant si près les uns des autres que Mathieu peut parler à voix très basse, à peine perceptible. Personne ne pourrait nous entendre même si nous parlions deux fois plus fort, mais ça n'empêche pas Roxanne de jeter régulièrement des coups d'œil inquiets à la porte de la véranda, au cas où Marithé se manifesterait.

— … Tu penses que ta mère pourrait nous entendre ? demande Mathieu, qui a vite compris son manège.

— Je vous préviendrai si je sens qu'elle arrive, n'ayez pas peur. Continue, Mathieu.

— Je suis donc arrivé à l'église vers dix heures. Les portes de l'entrée principale étaient verrouillées, mais je m'y attendais : Steve avait dit que l'exposition avait lieu au sous-sol, il devait donc y avoir une porte qui y donnait directement accès. J'ai fait le tour, j'ai vérifié chacune des entrées : elles étaient toutes fermées. Comme je ne voyais aucune lumière à l'intérieur de l'église et qu'il n'y avait pas d'autos dans le stationnement, j'en ai conclu que j'arrivais trop tard et que tout le monde était rentré à la maison. Je m'apprêtais à rebrousser chemin quand j'ai remarqué qu'il y avait de la lumière aux fenêtres du presbytère et quelques autos stationnées tout près de là. Peut-être que j'avais mal entendu et que l'exposition avait lieu au presbytère plutôt qu'à l'église ? Au moment où j'arrivais en face du bâtiment, un vieux bonhomme a lentement ouvert la porte. Il était très vieux, très voûté. J'imagine que c'était le bedeau, ou quelque chose comme ça.

— Peut-être aussi que c'était le curé. Ça correspond à la description du prêtre qui a dit la messe aux funérailles de mon oncle Vincent.

— Peu importe, dit Mathieu d'un ton impatient. Le vieux bonhomme était sorti pour appeler son chat, tout bêtement. Il a eu peur quand il m'a vu sortir de l'obscurité, alors, pour le rassurer, je lui ai vite expliqué que je m'étais simplement trompé de porte et que je venais pour l'exposition. « Ah oui ! L'exposition ! m'a-t-il dit tandis que son chat se faufilait entre nos jambes. C'est au sous-sol de l'église, mais vous pouvez passer par ici, si vous voulez. Ça communique, je vais vous indiquer le chemin… » Je suis entré, et il m'a donné des explications : il fallait descendre un escalier, tourner à droite, puis à gauche, puis encore à gauche… J'ai emprunté une enfilade de corridors, je me suis perdu deux ou trois fois, et j'ai fini par tomber pile sur le père Francke et ses compagnons, groupés autour d'une sorte de feu de camp.

— Un feu de camp ? Dans une église ???

— Ce n'était pas vraiment un feu de camp, non. Imaginez plutôt un gros réchaud pour le camping posé dans une assiette de métal, ou alors un truc qui fonctionne avec du gaz… Je n'ai aucune idée de ce que c'était au juste et je m'en fous comme de l'an quarante, si vous voulez savoir le fond de ma pensée. Tout ce que vous avez besoin de savoir, c'est qu'il y avait un feu au milieu de la pièce et une douzaine de personnes autour, qui se tenaient par la main. La plupart étaient des prêtres et des religieuses, mais pas tous. Il y avait un grand Noir habillé en agent de sécurité, deux ou trois personnes ordinaires qui auraient pu être des professeurs ou des médecins – ils étaient tous assez vieux, en tout cas – et le père Francke, évidemment. Bâti comme un joueur de football, musclé comme ce n'est pas permis, une soutane tellement luisante qu'on aurait dit le costume de Batman... Ta description était parfaite, Steve : je l'ai reconnu tout de suite. Pas besoin de vous dire que je me suis fait tout petit. Je me suis accroupi pour que personne ne puisse me voir et j'ai essayé de rester parfaitement immobile, en respirant le plus doucement possible. Personne ne m'a vu, j'en suis sûr : je suis toujours resté à l'écart, en pleine obscurité, et ils avaient tous les yeux rivés sur le feu... Essayez maintenant d'imaginer douze visages, éclairés par les flammes. Comme les vêtements étaient sombres, je ne voyais pas grand-chose d'autre que ces visages. On aurait dit que les gens qui étaient là n'avaient pas de corps, et c'était encore plus terrifiant. Le père Francke présidait la cérémonie. Il récitait des prières, que les autres reprenaient – ne me demandez pas de quoi ça parlait, je n'ai rien compris. Je ne sais même pas en quelle langue c'était.

— Du latin, sans doute ? suggère Rox.

— C'est ce que je me suis dit, moi aussi, mais je n'en suis pas certain. Les sons étaient tellement bizarres... Ensuite, il a commencé à jeter des objets dans le feu. Des grains de riz, des miettes de pain, des plumes d'oiseaux, des poudres de différentes couleurs qui alimentaient les flammes et qui me permettaient d'apercevoir en arrière-plan les statues de saints, qui semblaient se balancer comme des pendus au bout de leurs cordes. Plus ça allait, plus ça sentait mauvais, plus les traits des participants devenaient diaboliques, et plus leurs paroles me semblaient étranges, comme s'ils avaient parlé une langue que je n'avais jamais entendue mais qui me semblait en même temps familière. On aurait dit une langue *trafiquée*, oui, c'est ça... Le latin, ça ressemble quand même au français, mais ce qu'ils baragouinaient ne ressemblait à rien du tout, c'était... plus rugueux, je dirais, comme si chaque mot était craché...

— Attends un peu, intervient Roxanne. Tu ne vas pas nous dire qu'ils ont sacrifié des poulets, ou quelque chose dans ce genre-là ? Si c'est le cas, je préfère que tu t'arrêtes tout de suite : je ne pourrais pas le supporter.

— ... Qu'est-ce qui te fait croire qu'ils auraient pu sacrifier des poulets ? demande Mathieu d'un air très intéressé.

— Ce que tu nous décris ressemble à un rituel vaudou. Je sens que ça risque de se terminer par un sacrifice…

— Je suis content que tu penses comme moi, Rox : j'ai tout de suite pensé à un rituel vaudou, moi aussi, surtout qu'il y avait un bon nombre de Noirs dans l'assistance. Et comme nous savons en plus que le père Francke a été missionnaire en Afrique… Mais il n'y a pas eu de sacrifice de poulets, rassure-toi.

— J'aime mieux ça…

— Le père Francke jetait des poudres dans le feu, et chaque fois les flammes redoublaient d'intensité et changeaient de couleurs. Il a ensuite sorti des couleuvres de sa poche et il les a lancées dans le feu l'une après l'autre.

— Des *couleuvres* ? Il avait des couleuvres *dans sa poche* ?

— Au début, je pensais que c'étaient des trucs en caoutchouc, mais je te jure que c'étaient de vraies couleuvres, Steve. Ça se tortillait, ça grésillait et ça puait le diable…

— Ça suffit ! lance Roxanne d'une voix coupante. Il a fait griller des couleuvres, ça va, on a compris !

— Excuse-moi, Roxanne. Je sais que c'est dégueu, mais je voudrais te signaler que ce n'est pas moi qui ai lancé ces couleuvres dans le feu. Je ne fais que vous rapporter ce que j'ai vu, et laisse-moi te dire que c'est bien pire quand on le voit pour de vrai. Il m'a d'ailleurs fallu un bon moment pour comprendre que ce n'était pas un film ni un spectacle, qu'il n'y avait pas d'effets spéciaux, que ce que je voyais arrivait *pour de vrai*... J'ai failli vomir, et je ne sais pas comment j'ai fait pour me contrôler. S'il s'est passé quelque chose après ça, je ne peux pas vous le dire : c'était déjà plus que ce que je pouvais supporter, alors je me suis esquivé en douce... Sais-tu quoi, Roxanne ? Je pense que je boirais un café, finalement : je n'arriverai pas à dormir, de toute façon.

— J'en prendrais bien un, moi aussi...

— Bonne idée : je vais en préparer trois tasses...

Pendant que Rox prépare le café, Mathieu et moi restons silencieux. Nous regardons dans le vide, tandis que les mêmes images dansent sans doute dans nos têtes : douze visages sans corps, éclairés par des flammes, des statues de saints qui se balancent comme des pendus, et ces couleuvres jetées vivantes dans le feu… Je ne connais pas grand-chose à la religion, mais mon intuition me dit que ça ne doit pas faire partie du rituel catholique normal…

Roxanne vient bientôt nous rejoindre avec le café, que nous buvons lentement, tout en réfléchissant en silence. Après avoir vidé nos tasses, nous arrivons tous les trois à la même conclusion.

— Le plus simple serait évidemment d'en parler à la police, dit Roxanne, mais je nous imagine assez mal aller trouver un inspecteur pour dénoncer un prêtre catholique qui fait brûler des couleuvres dans le sous-sol d'une église. Les policiers ont sûrement d'autres chats à fouetter, sans vouloir faire de mauvais jeu de mots.

— … On pourrait aussi le dénoncer à l'Église catholique, poursuit Mathieu, mais ça risque de prendre une éternité avant que les autorités réagissent. Si ceux qui sont à la tête de l'Église protègent les prêtres pédophiles, ils ne condamneront certainement pas un des leurs qui s'égare dans le vaudou…

— Il n'y a donc qu'une solution : aller voir le père Francke en disant que nous voulons faire partie de son mouvement.

Comment ça s'appelle, déjà ? La *renaissance spirituelle* ? Il ne pourra certainement pas refuser trois jeunes recrues…

— *Quatre* jeunes recrues, Steve, précise Mathieu. Maude va vouloir se joindre à nous, j'en mettrais ma main au feu.

— Drôle d'expression, dans les circonstances, enchaîne Roxanne. Vous vous sentez capables de jouer la comédie à ce point-là, vous autres ? Juste de penser qu'il faudra parler au père Francke, et peut-être même lui serrer la main, ça me donne la nausée.

— Ça ne devrait pas être si compliqué, Rox : il suffit de lui raconter que nous avons le sentiment que notre vie est vide, que nous ne voulons pas sombrer dans l'enfer de la drogue et que nous sommes en quête de spiritualité, des banalités dans ce genre-là. Le père Francke n'aura pas d'autre choix que de nous accepter dans son groupe : il ne peut quand même pas laisser en plan quatre jeunes recrues prometteuses…

— À condition que le père Francke soit un véritable prêtre, évidemment…

— Vrai ou pas, il est obligé de jouer le jeu, non ? S'il refuse notre offre, nous saurons de façon certaine que nous avons affaire à un imposteur. Préfères-tu qu'on laisse ta mère se débrouiller seule avec un homme qui s'amuse à faire brûler des couleuvres, Rox ?

— ... Tu as raison, Steve. On n'a pas le choix... Donnez-moi quelques jours, et je m'arrange pour obtenir un rendez-vous avec lui. D'ici là, on a intérêt à bien se préparer : je suis désolée d'avoir à te dire ça, Steve, mais tu n'es pas vraiment convaincant quand tu prétends ne pas vouloir sombrer dans l'enfer de la drogue. Essaie de trouver mieux.

▲ ▲ ▲

De retour à la maison, il y a tellement de questions qui se bousculent dans ma tête que je n'arrive pas à m'endormir. Est-ce que j'ai vraiment envie d'être convaincant ? Est-ce que j'ai vraiment le goût de rallier une secte qui s'amuse à faire des sacrifices d'animaux dans un décor d'enfer et de catacombes ? Si mes amis n'étaient pas là, j'aurais plutôt tendance à faire de grands détours pour ne plus jamais avoir à passer devant une église.

Je n'ai pas vraiment envie de me joindre à cette secte, mais je sais qu'il *faut* que j'y aille : ce père Francke me répugne, mais en même temps je me sens attiré vers lui, comme un papillon de nuit est attiré par la lumière sur laquelle il risque pourtant de se brûler.

Chapitre 9

Je n'ai jamais fait d'anglais dans mes cours d'anglais : je termine habituellement le devoir de français que je dois remettre au cours suivant, je profite ensuite de mon cours de français pour étudier mes maths, et ainsi de suite jusqu'à mon cours d'histoire, pendant lequel je ne fais jamais rien d'autre que dormir, ou alors rêver à Roxanne. Bien assis au fond de la classe, adossé contre le mur, je laisse ma tête profiter d'une heure de congé pendant que le pauvre M. Barcelo essaie de se dépêtrer avec son *Power Point*. Je ne sais pas si ça fait partie des plans du ministère de l'Éducation de nous faire subir des professeurs aussi ennuyeux, mais si tel est le cas, je l'en remercie : ça nous donne des minivacances pendant la journée, et ça aide à développer notre imagination.

Aujourd'hui, cependant, il n'est pas question de rêvasser, et encore moins de gaspiller une si belle période à étudier. J'ai un devoir à faire. Un devoir de religion. Je me suis senti un peu frustré, l'autre jour, quand Mathieu et Rox ont évoqué un rituel vaudou pour décrire les activités du père Francke. Je n'ai pas posé de questions pour ne pas avoir à étaler mon ignorance, mais je ne connais absolument rien au vaudou. Rien de rien. Si j'avais à passer un examen surprise sur le sujet, je serais condamné à remettre une copie blanche, et j'obtiendrais un beau zéro tout rond, ou peut-être deux sur cent si le professeur est très généreux et qu'il accorde des points pour la propreté des copies.

Le vaudou, pour moi, c'est du chinois, et même pire : je sais au moins que le chinois est une langue parlée par plus d'un milliard de personnes et que je pourrais sans doute l'apprendre si je m'en donnais la peine, ce que je ferai peut-être dans une autre vie. Mais qu'est-ce que le vaudou, au juste ? Une secte, une sorte de sorcellerie, une religion ? Est-ce qu'il y a des temples vaudou, des prêtres vaudou, un pape vaudou ?

J'ai tenté de me renseigner à la bibliothèque, mais tout ce que j'ai trouvé, c'est un livre écrit en 1948 par un missionnaire catholique établi en Haïti. Je l'ai lu quand même, en me disant que les croyances ne devraient pas avoir beaucoup changé depuis le temps. J'ai ensuite essayé de poser des questions aux trois ou quatre Haïtiens de mon école que je connais un peu, mais ils ont été plutôt évasifs et ils ont vite changé de sujet. Je n'ai pas insisté. Je me suis rabattu sur Internet, où j'ai trouvé, parmi des tonnes de niaiseries, deux ou trois trucs intéressants, et même plus qu'intéressants. Je profite donc de mon cours d'histoire pour rédiger un devoir de religion que je ne remettrai jamais à aucun professeur : je veux juste mettre un peu d'ordre dans mes idées, et je n'ai jamais trouvé mieux qu'une bonne vieille feuille de papier pour y arriver. Voici ce que ça donne :

Le vaudou

Travail rédigé par Steve Charbonneau et remis à Steve Charbonneau

Introduction

Le vaudou est une religion originaire d'Afrique. Ses adeptes croient en une multitude d'esprits qui changent souvent de noms et qui peuvent être bons ou mauvais. Le Baron Samedi, par exemple, très connu en Haïti, est souvent représenté comme un entrepreneur de pompes funèbres, avec un chapeau haut-de-forme et un habit noir. C'est le grand maître des cimetières, et il est incontestablement mauvais. Mais il y en a plusieurs autres.

<u>Développement</u>

- Les mauvais esprits s'appellent Bakas et ils peuvent prendre les apparences les plus diverses. Ils peuvent se transformer en chats, en chèvres ou en tortues, parfois même en mendiants ou en cadavres. (<u>Ou en prêtres catholiques?</u>)
- Tous les hommes ont deux existences, tout comme ils ont deux âmes. Parfois, de bons esprits s'emparent d'une de ces âmes, et le possédé devient alors un prophète. Il arrive aussi que des Bakas s'emparent de la deuxième âme. Ils profitent parfois de ce subterfuge pour aller communier incognito dans une église: les hosties leur donnent en effet des forces supplémentaires, un peu comme les biscuits que dévorent les Pacman. Quand un sorcier transforme quelqu'un en zombie, il permet à un mauvais esprit de s'emparer d'une de ses

âmes. C'est pourquoi on appelle les zombies des morts-vivants: la moitié de leur âme est vivante, et l'autre appartient au Baka.

- Les zombies se réveillent quand ils mangent du sel. C'est bon à savoir.
- Les sorciers vaudou peuvent fabriquer des poupées qui représentent de vraies personnes. En piquant des aiguilles dans ces poupées, ils peuvent les torturer à distance.
- Quand les prêtres catholiques ont voulu évangéliser Haïti, ils ont cherché à éliminer ces croyances, qu'ils jugeaient primitives. Les missionnaires croyaient pour leur part qu'il n'y avait qu'un seul Dieu qui se divise en trois personnes, qu'on peut aussi prier la Vierge Marie même si elle n'est pas une déesse, et qu'il est possible d'invoquer les saints, qui se comptent par centaines et qui ont chacun leur spécialité. Vous avez donc l'embarras du choix, disaient-ils aux Haïtiens, mais n'oubliez pas qu'il n'y a qu'un seul Dieu, c'est important!
- Les Haïtiens ont fait semblant d'adopter quelques-unes des croyances catholiques pour faire plaisir aux missionnaires, mais ils ont vite trouvé un stratagème pour continuer à prier leurs dieux

vaudou sans qu'il y paraisse : ils ont détourné les saints. Saint Patrick, par exemple, que les catholiques représentent toujours avec des serpents à ses pieds parce qu'il est censé avoir chassé les serpents d'Irlande, devenait Damballah-wédo, le dieu des couleuvres. Saint Jacques le Majeur, qu'on dessinait revêtu d'une armure, est devenu Ogou-ferraille, un esprit forgeron.

Conclusion officielle

J'ai beaucoup appris en rédigeant ce travail, j'espère que vous l'avez apprécié et que vous me mettrez une bonne note. Comme c'est un sujet vaste et complexe, il se peut que j'aie fait quelques erreurs ici et là, et je m'en excuse. Si vous êtes un sorcier vaudou, ne me transformez pas en zombie, s'il vous plaît.

Conclusion non officielle

J'ai parfois l'air de me moquer de la religion, je sais, mais je voudrais que vous sachiez que c'est ma façon de réagir quand j'ai peur de quelque chose. Certains chantent pour se donner du courage en traversant la forêt, d'autres se cachent la tête dans le sable pour ne pas affronter leurs problèmes, d'autres encore font les braves même s'ils tremblent intérieurement.

À chacun ses moyens de défense. Le mien, c'est de pratiquer l'ironie. C'est un réflexe. Et si j'ai ce réflexe aujourd'hui en rédigeant cette parodie de travail de recherche, c'est que j'ai vraiment peur.

Je n'aime pas cette image des douze visages sans corps éclairés par les flammes, et encore moins ces couleuvres brûlées vives. Il y a maintenant presque une semaine que Mathieu nous a raconté ça, et il ne se passe pas une nuit sans que j'en rêve.

Je n'aime pas que la mère de Roxanne, qui est une femme intelligente et sympathique, se laisse subjuguer par ce charlatan à soutane. Je me méfie des sectes: leurs chefs commencent par sacrifier des couleuvres, ensuite ils vous convient à un suicide collectif.

Je ne suis pas du genre à craindre les zombies, les fantômes, les vampires, les loups-garous, les monstres cachés sous le lit et autres mauvais esprits: je sais très bien que ce sont des créatures que les hommes inventent quand ils ont peur de quelque chose, ou lorsqu'ils veulent effrayer les autres. Ça leur permet d'écrire de bons romans, de tourner des films d'horreur ou de fonder des religions pour s'enrichir en profitant de la crédulité des gens, un point c'est tout. Mais je sais aussi que toutes ces créatures personnifient des craintes ancestrales et universelles. Tout le monde les partage d'une façon ou d'une autre, qu'on le veuille ou non. J'ai beau être sûr à cent pour cent que les fantômes n'existent pas, je me sentirais quand même mal à l'aise de me promener dans un cimetière par une nuit de pleine lune. Pas vous?

Je ne crois pas non plus en Dieu, mais j'en suis un peu moins certain. Comme je l'ai déjà dit à Roxanne, je suis athée à 99,99% et croyant à 0,01%. Ce n'est peut-être pas beaucoup, mais ça dénote quand même une certaine ouverture de ma part. Je crois encore moins au diable, mais je sais que les gens ont cru en lui pendant des milliers d'années, et qu'il doit rester quelques traces de cette peur dans mes gènes. Disons que j'y crois à 0,00001%. Ce n'est pas grand-chose, mais ça signifie qu'une infime partie de moi se dit que c'est quand même possible qu'il existe.

Il y a autre chose qui me préoccupe: si les sorciers vaudou peuvent détourner les saints d'une autre religion, qu'est-ce qui m'empêche de penser que ces sorciers puissent être détournés à leur tour par... par une force maléfique, disons? J'ai le *sentiment que le père Francke n'existe pas vraiment, et pourtant je sens qu'il existe un peu trop. Et si c'était... autre chose qui existait en lui?*

— Est-ce que je peux voir ce que tu fabriques, Philippe ?

Ce coup-là, M. Barcelo a réussi à me surprendre, et pas à peu près. Depuis quand circule-t-il entre les rangées, celui-là ? Peut-être qu'il a décidé de suivre un stage intensif en pédagogie et d'abandonner enfin son *Power Point* ?

— Je... je m'appelle Steve, monsieur. Philippe, c'est celui qui est assis près des fenêtres.

— Ça ne change rien à ma question, Phi... je veux dire Steve. Qu'est-ce que tu écris là ?

— C'est... c'est une recherche, monsieur. Une recherche... personnelle.

— Tu la continueras une autre fois, Simon. J'ai distribué un exercice, et il est à remettre dans vingt minutes...

— Parfait, monsieur...

J'expédie son exercice en dix minutes, et je passe le reste de la période à fixer l'horloge : aussitôt que la cloche sonnera, je me précipiterai à la bibliothèque. Mathieu et Maude en feront autant, et Roxanne nous annoncera enfin une nouvelle que nous attendons tous avec impatience : sa mère avait une réunion de renaissance spirituelle hier soir, et Roxanne l'a accompagnée afin de proposer au père Francke de créer une cellule pour des jeunes de notre école. Dans moins d'une heure, je saurai si je pourrai bientôt lire les Évangiles en tenant la main du père Francke. Je ne peux pas dire que cette perspective m'enchante, mais le plus tôt sera le mieux : je veux savoir ce qui se cache derrière ce personnage, même si ça me fait peur.

Chapitre 10

Nous sommes réunis tous les quatre à la bibliothèque, mais Roxanne n'arrive pas à se libérer : un élève lui demande de lui indiquer la section des livres sur les insectes, un autre se plaint qu'il y a des pages déchirées dans son *Guide de l'auto*, une troisième veut savoir s'il y a une section spéciale pour les romans d'amour qui finissent bien, il y a même une fille qui veut discuter avec Rox du dernier roman policier qu'elle lui a recommandé. Ça n'arrêtera donc jamais ? J'ai presque envie de suggérer à tous ces lecteurs d'oublier les livres et d'aller plutôt fumer des cigarettes dans le stationnement : depuis quand lit-on par plaisir ? Vous êtes malades, ou quoi ? On devrait interdire les livres dans les écoles, ça réglerait bien des problèmes, et Roxanne pourrait parler avec nous plutôt que de perdre son temps à faire ce pour quoi elle est payée…

Voici maintenant Jérôme, notre ami gothique, avec un livre d'Anne Rice, suivi d'une fille qui emprunte *Rouge poison*, d'une autre qui emprunte des poèmes (des poèmes ! ! !), et puis… Et puis personne ! Nous profitons de l'accalmie pour nous précipiter au comptoir de prêt.

— Ça ne marche pas, dit Roxanne d'entrée de jeu.

— … Tu veux dire qu'il refuse de sauver nos âmes ? Il n'a pas le droit !

— Attends un peu, Steve : je n'ai pas dit qu'il refusait de nous voir, j'ai juste dit qu'il ne veut pas nous accueillir *en tant que groupe*, c'est différent. Si nous voulons nous intégrer individuellement à un de ses ateliers de renaissance spirituelle, nous sommes cependant les bienvenus…

— Je n'ai pas envie d'aller prier avec des petits vieux qui radotent des prières en se tenant par la main, dit Mathieu. Si vous êtes là, j'y vais. Mais tout seul, merci pour moi, je passe mon tour.

— Attention à ce que tu dis, Mathieu : je te rappelle que ma mère fait partie d'un de ces groupes. Elle est vieille, d'accord, mais quand même pas tant que ça.

— … Excuse-moi, Rox.

— Pas de quoi. Mais pour le reste, je dois dire que tu as bien résumé leurs activités : ils récitent des prières en se tenant par la main, et certaines de ces prières sont en latin. C'est censé faire circuler de l'énergie divine…

— Ça, c'est pendant le jour, précise Maude. La nuit, ils font plutôt brûler des couleuvres… As-tu essayé de faire comprendre au père Francke que les jeunes avaient des problèmes particuliers et qu'ils pourraient prier beaucoup mieux s'ils étaient ensemble, qu'ils pourraient aussi répandre la bonne parole dans leur l'école, ou bien que…

— J'ai tout essayé, Maude, mais il a répondu que tous les pécheurs sont égaux devant le Seigneur, et puis il s'est mis à enfiler des métaphores à propos des brebis et des bergers. Je n'ai pas tout compris, mais je peux t'assurer qu'il n'a pas du tout envie de devenir le pasteur d'un groupe de jeunes. Cet homme-là est champion pour aligner des mots sans reprendre son souffle. Une fois lancé, il n'y a pas moyen de l'interrompre.

— Tu aurais pu lui dire que…

— Je pense que tu ne m'as pas bien comprise, Maude, coupe Roxanne sur un ton glacial. Je t'ai dit que j'ai tout essayé, d'accord ? Je te signale que j'ai passé une partie de ma soirée à faire du *lip-sync* en tenant la main de ma mère pendant qu'elle répétait des *Pater noster* les yeux fermés, et quand elle ouvrait les yeux c'était pour admirer le père Francke. Sais-tu ce que faisait le père Francke, lui, pendant ce temps-là ? Il n'arrêtait pas de me regarder les seins, mais il ne les regardait pas d'un air normal : on aurait dit qu'il les haïssait au point de vouloir leur jeter un sort… Je ne sais pas ce que tu as fait de ta soirée, Maude, mais je suis sûre que c'était mille fois plus intéressant, ou en tout cas mille fois moins inquiétant : cet homme-là est un manipulateur, Maude, un manipulateur dégueulasse, et c'est ma mère qu'il manipule…

— Excuse-moi, Rox, je voulais juste…

— Avez-vous le nouveau *Garfield* ?

— … Il n'est pas encore arrivé, non.

— Quelqu'un m'a dit qu'il était sorti en librairie, ça fait que je me demandais c'était quand qu'il allait arriver…

— Écoute, la fille derrière le comptoir connaît son affaire. Quand elle dit que ton livre n'est pas arrivé, c'est parce qu'IL N'EST PAS ARRIVÉ. C'est clair ?

Je joue les durs devant un élève de 1re secondaire que je dépasse d'une bonne tête, et je n'en suis pas très fier : il n'est pas du tout certain que j'aurais agi de la sorte devant un joueur de football... (Et qui me dit que le grand frère de l'amateur de *Garfield* ne fait pas partie de l'équipe de football, à bien y penser ? On n'est jamais trop prudent...)

— Tu reviendras à la fin de la semaine, s'empresse d'ajouter Roxanne sur un ton beaucoup plus poli tout en me lançant un coup d'œil réprobateur. Peut-être que ton livre sera arrivé à ce moment-là...

L'élève s'éloigne en m'envoyant un regard craintif, comme s'il avait affaire à un fou furieux. Je sais que je mérite ce regard, alors je ne peux pas vraiment en vouloir à ce garçon. J'aurais même plutôt envie de le remercier, puisque son intervention a permis à Roxanne de retrouver son humeur normale. Elle était vraiment hors d'elle, tout à l'heure. Je ne l'ai jamais vue dans cet état. Ce qui prouve que cette histoire commence à l'énerver sérieusement...

— Excuse-moi, Rox, reprend Maude. Je sais bien que tu as fait ce que tu as pu. C'est juste que j'étais déçue de ne pas pouvoir t'aider. Je n'ai jamais vu ce père Francke, mais plus j'en apprends sur lui, plus il m'inquiète.

— Tout compte fait, je crois que c'est une bonne nouvelle, dit Mathieu d'une voix assurée.

Nous nous tournons tous vers lui, intrigués.

— Qu'est-ce que tu veux dire ? demande Maude.

— Je veux dire exactement ce que j'ai dit. Pensez-y un peu : nous lui proposons d'animer les rencontres d'un groupe de jeunes, et il refuse. Vous en connaissez beaucoup, vous, des jeunes de notre âge qui veulent passer leurs soirées à réciter des prières ? Un vrai prêtre catholique aurait sauté sur l'occasion pour essayer de nous enrôler. Sa réaction prouve que ce gars-là n'est pas un prêtre et qu'il a peur de nous.

— Il n'a pas vraiment refusé, précise Roxanne.

— C'est vrai, mais ce qui est important, c'est qu'il a essayé de nous séparer, de nous diviser pour mieux régner. Il pense pouvoir arriver à nous emberlificoter en nous prenant un à un, mais c'est une autre paire de manches que de nous affronter en groupe. Il a peur de nous, je vous dis.

— Ce que je ne comprends pas, moi, c'est que nous sommes les seuls à nous méfier de lui. Pourquoi tout le monde tombe-t-il dans le panneau, sauf nous ?

— Je partage l'étonnement de Steve, dit Roxanne. Ça n'a aucun sens : un coup d'œil suffit pour sentir que cet homme-là est un charlatan, ou peut-être même pire, mais on dirait pourtant que nous sommes les seuls à nous en apercevoir.

— Connaissez-vous « Les Habits neufs de l'Empereur » ?

Ce coup-ci, c'est vers Maude que nous nous tournons tous.

— Je connais ce conte, répond Roxanne. C'est l'histoire d'un empereur à qui ses couturiers ont fait croire qu'il portait des vêtements faits d'un tissu magnifique, mais invisible aux idiots. La vérité, c'est que l'empereur était nu. Il se promenait ainsi partout dans son royaume, et comme personne ne voulait passer pour un idiot, personne ne disait rien…

— … Jusqu'au jour où, en l'apercevant, des enfants ont crié : « L'empereur est nu, l'empereur est nu ! », poursuit Maude. Les enfants, purs et innocents, étaient les seuls à oser parler... Peut-être que nous sommes comme ces enfants ?

— Ce n'est pas la même chose ! Les sujets *savaient* que le roi était nu. C'est juste qu'ils avaient peur de le dire. Ma mère ne *sait* pas qu'elle a affaire à un charlatan. Au contraire, elle semble entièrement subjuguée.

— C'est peut-être parce qu'elle voit autre chose *par-dessus lui*, suggère Maude. Je sais que ce que je dis n'est pas très clair, mais nous sommes tous comme des enfants purs et innocents, en un sens : nous n'avons jamais suivi de cours de religion de notre vie, nous n'avons même pas été baptisés – pas moi, en tout cas...

— Moi non plus, dit Mathieu.

— Moi oui, ajoute Roxanne, mais je me demande bien pourquoi : mes parents n'ont jamais pratiqué, du moins jusqu'à tout récemment.

— Pareil pour moi...

— C'est exactement ce que je voulais dire, reprend Maude. Nous sommes sans doute la première génération qui n'a pas été élevée dans la religion. Quand nous apercevons un prêtre avec une soutane, nous le prenons pour ce qu'il est : un homme qui porte une robe noire, un point c'est tout. Et, si cet homme est un charlatan, nous voyons un charlatan revêtu d'une soutane. Nos parents, eux, ont été élevés dans la religion. Ils sont tombés dedans quand ils étaient petits, si je puis dire, et ça continue de les influencer. Ils ne peuvent pas voir le monde comme nous, c'est impossible.

— Je pense que je comprends ce que tu veux dire, intervient Mathieu. Quand la mère de Roxanne regarde le père Francke, elle voit des… des projections de son passé, ou quelque chose dans ce genre-là ?

— C'est ce que je pense, oui : elle voit un prêtre, un homme de Dieu, quelqu'un de puissant, porteur de vérité, et elle ne voit pas le charlatan qui se cache dessous. Pour les adultes, l'habit *fait* le moine.

C'est une belle hypothèse. Elle est même tellement intéressante que tout le monde se tait pour y réfléchir : ainsi, nous serions les seuls à voir le père Francke pour ce qu'il est, et donc à pouvoir le dénoncer ? L'idée est fascinante, mais elle est loin de tout expliquer. Les jeunes ne semblent pas tomber dans son piège, d'accord, mais il n'en demeure pas moins que cet homme-là jouit d'un immense pouvoir sur les adultes, ou du moins sur certains d'entre eux. Comment réussit-il à les hypnotiser ? *D'où ce pouvoir lui vient-il ?* Ça ne peut pas s'expliquer uniquement par les traces profondes que la religion de leur enfance a laissées en eux…

D'autres élèves arrivent pour emprunter des livres, et il nous est impossible de discuter plus longtemps. Nous retournons chacun à nos cours, la tête pleine de questions, sans savoir que le père Francke, pendant ce temps-là, s'est organisé pour prendre les devants.

Chapitre 11

En rentrant à la maison, après l'école, j'ai à peine le temps d'essuyer mes pieds sur le paillasson que ma mère m'annonce, tout excitée, que j'ai reçu une lettre. Je n'en reçois pas chaque jour, c'est vrai, mais ce n'est quand même pas une nouvelle à ce point extraordinaire qu'elle mérite une telle agitation de la part de ma mère, qui n'arrête pas d'en parler, comme si c'était une affaire de la plus haute importance. Elle me suit même pas à pas jusqu'au réfrigérateur, où je me sers un verre de jus.

— ... Ce n'est pas une lettre de Roxanne, en tout cas: j'aurais reconnu son écriture... Je ne sais pas qui t'a envoyé ça, mais c'est une lettre vraiment étrange. Même le facteur la trouvait bizarre. C'est comme si elle venait du passé…

En entendant ces mots, je sens un frisson me parcourir le dos.

— Où est-elle ?

— Je l'ai mise sur ton lit. Tu garderas les timbres : le facteur dit qu'ils ont au moins vingt ans, si ce n'est pas plus. Il pense que l'enveloppe est aussi très vieille. Il n'en a pas vu de ce modèle-là depuis des années… Tu me diras ce que c'est, ça m'intrigue !

Je descends en vitesse dans ma chambre et j'aperçois la lettre qui m'attend au milieu du lit. Je brûle d'envie de l'ouvrir, mais je prends d'abord le temps de refermer la porte derrière moi et de m'installer à mon bureau pour mieux l'examiner.

Les timbres sont très vieux, en effet. Il en a fallu quatre pour que l'affranchissement soit suffisant, et ils semblent venir de quatre décennies différentes, si j'en juge par leur style. Deux d'entre eux représentent la reine quand elle était jeune, un autre le drapeau canadien, et le dernier une scène de Noël. C'est le seul qui ait un thème religieux, et c'est aussi le seul qui soit collé la tête en bas. Pas de doute, nous avons bien affaire au père Francke, ou du moins à un de ses disciples.

Je comprends que le facteur ait trouvé l'enveloppe aussi bizarre que les timbres : le papier est ultra-mince, bleuté et orné des mots *par avion air mail* sur tout le pourtour. Il y a aussi un dessin d'avion dans le coin inférieur gauche, un modèle à hélices qui semble tout droit sorti d'un vieil album de *Tintin au Congo*. Mon nom et mon adresse n'ont pas été écrits au stylo mais à la plume, d'une belle écriture très soignée, presque trop parfaite. L'expéditeur n'a pas cru bon d'inscrire son adresse de retour, mais je n'ai pas besoin d'être Sherlock Holmes pour en deviner la provenance. Je l'ouvre : elle ne contient pas de lettre mais deux images saintes, un peu plus petites que des cartes de hockey, imprimées sur du papier mince comme une pelure d'oignon.

La première représente le Sacré-Cœur. Je crois que c'est comme ça qu'on appelle la représentation du Christ qui exhibe son cœur ensanglanté. J'ai déjà vu cette image dans des églises et je l'ai toujours trouvée macabre, mais celle-ci est un chef-d'œuvre du genre : le Christ a l'air d'un travesti qui aurait abusé de rouge à lèvres et de fond de teint, et des épines sont fichées dans son cœur. Plus je regarde cette image, plus je la trouve étrange.

J'ai l'impression qu'elle contient un message que je n'arrive pas à décoder. J'ai aussi l'impression qu'il y a quelque chose qui cloche dans cette image, mais je n'arrive pas à trouver ce que c'est. L'autre est plus bizarre encore : elle représente saint Laurent (son nom est écrit au bas de l'image), qui se fait cuire sur un immense gril rougi par le feu. Je la retourne au cas où il y aurait une inscription au verso, mais tout ce que je trouve, c'est un banal *made in Italy*...

J'examine encore l'enveloppe, au cas où elle contiendrait quelque chose d'autre, et j'y trouve une allumette de bois. Qu'est-ce que ça peut vouloir dire ?

Peut-être que je comprendrais mieux si je savais qui était ce saint Laurent ? Je consulte mon dictionnaire. **Laurent** *(saint). En Espagne, v. 210–Rome 258, martyr. Diacre à Rome, il distribua aux pauvres les richesses de l'Église au lieu de les livrer au préfet, et fut supplicié sur un gril ardent.*

Ce saint Laurent me paraît avoir été un bon diable, somme toute. On ne peut pas en dire autant de ceux qui l'ont supplicié... Mais c'est un bon diable qui est mort sur le gril, donc par le feu, et la personne qui m'a envoyé cette image a pris la peine d'inclure une allumette dans l'enveloppe… Qu'est-ce que je dois comprendre ? Est-ce une simple menace, ou y a-t-il un autre message ?

Je n'ai pas le temps de me poser davantage de questions que le téléphone sonne, ce qui me fait sursauter.

— Steve ? C'est Rox. J'ai reçu une lettre bizarre…

— Une enveloppe bleue, avec de vieux timbres et ton adresse écrite à la plume ?

— … Toi aussi ?

— Qu'est-ce qu'il y avait dans la tienne ?

— Une image de la sainte Vierge qui écrase des serpents, et une autre de sainte Barbe.

— Sainte Barbe ? C'est une blague ?

— Pas du tout, non. Elle a existé pour de vrai, j'ai vérifié sur Internet. Elle serait morte décapitée par son père. C'est ce qu'on voit sur l'image, et ce n'est pas le sang qui manque, crois-moi ! Je n'aurais jamais pensé que des images pieuses puissent être aussi sadiques.

— Y avait-il autre chose dans l'enveloppe ?

— Oui, et je dois dire que ça m'inquiète un peu. J'ai trouvé une lame de rasoir… Qu'est-ce que ça peut vouloir dire ?

Je révèle à Rox le contenu de ma lettre, et nous convenons vite que le père Francke ne nous a certainement pas envoyé ces images pour nous faire avancer sur le chemin de la spiritualité. Il veut nous effrayer, c'est clair. Mais pourquoi ? Qu'est-ce qu'on a bien pu lui faire pour qu'il s'en prenne à nous de cette manière ?

— Je pense qu'on devrait téléphoner à Maude et à Mathieu, reprend Rox après un long silence. Quelque chose me dit qu'ils ont reçu des messages semblables.

— Ça me surprendrait : le père Francke ne les a jamais vus.

— C'est vrai, mais je lui ai donné leur nom et leur adresse.

— … Pourquoi as-tu fait ça ?

— Parce qu'il me l'a demandé. Nous étions censés vouloir faire partie de son groupe de renaissance spirituelle, souviens-toi. J'ai hésité un peu, mais je n'avais pas de raison valable de refuser : il m'a dit qu'il voulait leur envoyer de la documentation. Je suis sûre qu'ils ont reçu quelque chose, eux aussi. Tu appelles Mathieu, je m'occupe de Maude, et on se rappelle dans dix minutes, ça va ?

Aussitôt dit, aussitôt fait. Je téléphone à Mathieu, je lui raconte nos découvertes, et je ne suis pas étonné d'apprendre qu'il a reçu une lettre aussi étrange que la mienne.

— J'ai deux images, moi aussi. Une du Sacré-Cœur, comme toi, et une autre de saint Denis divisé en deux : il tient sa tête dans ses mains, mais il semble continuer à parler quand même…

— As-tu trouvé autre chose dans l'enveloppe ?

— Je n'ai rien remarqué, non. J'aurais dû ?

— Roxanne avait un cadeau surprise dans la sienne, et moi aussi…

— Je peux aller vérifier, si tu veux : je l'ai conservée. Un des timbres représente le *Bluenose*, et il est en parfait état. D'après mon père, ça vaut très cher. Seul un collectionneur conserverait un timbre aussi longtemps, mais un véritable collectionneur ne s'en débarrasserait jamais pour affranchir une lettre ! Mon père ne comprend pas, et moi non plus… Ne bouge pas : je vais récupérer l'enveloppe, et je te reviens dans une minute.

Je consulte mon dictionnaire en attendant que Mathieu revienne, et je ne suis pas étonné d'apprendre que saint Denis a fini ses jours décapité. La sainteté était vraiment un sport extrême, dans ce temps-là.

— … Tu avais raison, Steve. Il y avait autre chose au fond de l'enveloppe. Une lame de rasoir. Mon père a eu le réflexe de sentir la lame, comme s'il soupçonnait qu'elle avait été utilisée pour préparer de la drogue…

— Drôle d'idée. Et alors ?

— Et alors rien. C'est une lame de rasoir, c'est tout, qui semble n'avoir jamais servi. Tout ça vient du père Francke, c'est sûr. À mon avis, ça ne fait que confirmer qu'il a peur de nous. Sinon, pourquoi nous menacerait-il ?

— Je téléphone à Rox et je te rappelle, d'accord ?

— Arrêtons de jouer aux fous, Steve : on se réunit chez toi ce soir, à sept heures et demie. Je devrais pouvoir emprunter la Jeep de mes parents, et je peux prendre Rox et Maude en passant. Il faut réagir vite, et j'ai une petite idée qui mijote dans ma tête. Il faut absolument qu'on en discute.

Je reconnais là mon ami Mathieu : il se prend parfois pour un poète, mais il finira directeur d'une multinationale, ou alors général dans une armée. Il déteste que les choses traînent en longueur, et il prend toujours le taureau par les cornes. Comme il a le sens de l'organisation, on lui laisse volontiers la direction des opérations.

J'ai à peine raccroché que le téléphone se met à sonner. C'est Roxanne, qui m'annonce que Maude a elle aussi reçu deux images : la première représente la Vierge aux serpents ; la deuxième, sainte Lucie en train de s'arracher les yeux. Au fond de l'enveloppe, Maude a trouvé deux épingles.

Dix mille questions se bousculent dans ma tête. Certaines d'entre elles sont idiotes : pourquoi les saintes sont-elles si souvent *vierges et martyres*, alors que les saints ne sont jamais *puceaux et martyrs* ? D'autres sont moins idiotes : pourquoi le père Francke envoie-t-il systématiquement des images féminines aux filles et masculines aux garçons ? Pourquoi, parmi toutes les images du Christ, a-t-il choisi celles où il exhibe son cœur sanglant ? Pourquoi la Vierge Marie écrase-t-elle des serpents ? D'autres questions, enfin, sont carrément inquiétantes : ces images sont-elles de simples menaces, comme le pensent mes amis, ou bien des tentatives de malédiction, des maléfices, ou quelque chose dans ce genre-là ? Si les sorciers vaudou pensent qu'on peut faire mal à quelqu'un en enfonçant des aiguilles dans une poupée, pourquoi ne pourraient-ils pas essayer de nous jeter un sort par courrier ?

Je suis encore tout mêlé dans mes questions lorsque ma mère m'appelle pour le souper. Ça me remet les pieds sur terre, tout en déclenchant une autre série d'engrenages dans ma tête : qu'est-ce que je vais bien pouvoir dire à ma mère, qui s'attend à ce que je lui montre le contenu de l'enveloppe, ou du moins à ce que je lui en parle ? Comme je n'ai pas la moindre envie de lui raconter toute l'histoire, j'invente en vitesse quelque chose à propos de Maude, qui m'a envoyé ces vieilles images qui appartenaient à sa grand-mère, et qui pensait les utiliser pour écrire un roman…

Mais mon mensonge est inutilement compliqué : ma mère l'écoute d'une oreille distraite, absorbée par l'image du Sacré-Cœur, qu'elle examine en fronçant les sourcils. Je connais bien ma mère, et je sais qu'elle est sur le mode *détection des erreurs*. Ma mère a un véritable don pour trouver ce qui cloche dans une situation donnée. Si un cadre est mal suspendu, son cœur se met à battre plus fort et elle ne retrouve le calme qu'après avoir remis le cadre de niveau. S'il y a une faute d'orthographe dans un article de journal, elle la détecte avant même de lire l'article. C'est un don qui peut parfois être très utile, mais qui peut aussi rendre la vie difficile… Elle regarde donc l'image du Sacré-Cœur pendant dix secondes, et ça lui suffit pour trouver ce qui cloche :

— L'image est inversée, me dit-elle. Jésus a le cœur à droite.

C'était donc ça qui clochait ! Comment se fait-il que je n'aie pas trouvé ça moi-même ?

Ma mère hausse les épaules et change de sujet, mais je n'arrive pas à en faire autant. Pourquoi le père Francke s'amuse-t-il à inverser systématiquement tous les symboles religieux et toutes les images ? Et s'il pendait les saints la tête en bas pour nous dire qu'il vient *d'un endroit d'où on voit tout à l'envers ? Si c'était une façon de nous faire savoir qu'il vient de l'enfer ?* C'est une idée idiote, Steve : es-tu en train de te faire croire que l'enfer existe pour de vrai, et qu'il est vraiment situé sous terre ? C'est sûrement une idée idiote, n'empêche qu'elle me coupe un peu l'appétit.

— Ma grand-mère avait des tonnes d'images de ce genre dans son missel, me dit ma mère. Quand j'étais petite, elle me les montrait pour faire mon éducation religieuse. Ça me faisait tellement peur ! Je n'ai jamais compris cette idée du Christ qui exhibe son cœur sanglant… Plus j'y pense, plus je me dis que la religion était contrôlée par des obsédés, dans ce temps-là. Si les prêtres avaient pu se marier, ils n'auraient peut-être pas eu toutes ces idées morbides…

— Peut-être aussi qu'ils n'étaient pas vraiment prêtres…

— … Qu'est-ce que tu veux dire ?

— Rien de précis, je réfléchissais à voix haute, c'est tout.

Mon père arrive sur ces entrefaites, et je saute sur l'occasion pour changer de sujet. Je lui pose question par-dessus question sur l'entretien des pommiers, et il a l'air ravi de parler de son travail. Je m'efforce d'écouter ses réponses, mais j'ai du mal à me concentrer : je ne peux pas m'empêcher de penser aux lettres du père Francke.

Je ne sais pas ce qu'il faut penser de la religion, des prêtres et du mariage, mais je commence à trouver que la religion s'intéresse un peu trop à moi, ces jours-ci. Tu n'aurais pas un petit rayon vert à me balancer sur tout ça, Brutz ? S'il t'en reste un peu quand tu auras éliminé le père Francke, profites-en pour débarrasser nos pommiers de leurs parasites, tant qu'à y être.

Chapitre 12

Samedi matin, neuf heures moins cinq. Nous sommes tous les quatre à la porte du presbytère. Mathieu a grimpé les marches à toute vitesse, et il a déjà le doigt sur la sonnette.

— Vous êtes prêts ? Tout le monde sait ce qu'il doit faire ?

Nous acquiesçons d'un hochement de tête, et il appuie sur le bouton noir.

Que faisons-nous là ? C'est Mathieu qui a eu cette idée et qui nous l'a fait accepter en nous tenant un raisonnement imparable. Question : Où habitent les prêtres ? Réponse : Dans un presbytère. Question : Comment peut-on les rencontrer ? Réponse : En téléphonant au presbytère. *Le père Francke sera à son bureau samedi matin de neuf heures à onze heures, et on peut s'y présenter sans rendez-vous*. On raccroche, et le tour est joué. C'est tellement simple que c'en est gênant.

— Bon, d'accord, on se retrouve face à face avec lui. Et après, on fait quoi ? On l'asperge d'eau bénite, on fait venir un exorciste, on lui plante un pieu dans le cœur ?

— Pas du tout, a répondu Mathieu quand j'ai répliqué avec cette question. On le prend en photo et on rentre chez nous.

— On le prend en photo ???

— Est-ce que je dois vous expliquer comment ça fonctionne ? On appuie sur le déclencheur, ça fait clic, un petit oiseau sort, il capture une image inversée du père Francke et la ramène dans la boîte noire, et bingo, le tour est joué. Cet homme-là a peur de nous, et il a encore plus peur de se faire prendre en photo. C'est toi-même qui me l'as appris, Steve : les appareils photo, les caméras et les téléphones cellulaires étaient strictement interdits aux visiteurs de l'exposition. Ne venez pas me raconter que c'était pour protéger les droits d'auteur ! Cet homme-là craint de se faire photographier, c'est évident.

— Comment peux-tu en être sûr ?

— Je n'en suis pas sûr du tout, et c'est précisément ce que je veux vérifier. S'il refuse, c'est qu'il a quelque chose à cacher, non ? Peut-être qu'il a peur que l'on capte son âme dans un appareil…

Nous voici donc tous les quatre sur le palier, le cœur battant, à attendre qu'on vienne nous répondre.

Une dame vient bientôt nous ouvrir. Je suis passé près de dire une *vieille femme*, mais je me suis retenu. Non pas qu'elle ne soit pas vieille, au contraire – elle doit avoir au moins soixante-quinze ans –, mais elle est si digne, si impeccable que le mot *dame* s'est tout de suite imposé. Elle est vêtue d'un tailleur bleu foncé, très strict, austère et élégant, d'une blouse blanche boutonnée jusqu'au cou, et de chaussures en cuir noir à bouts carrés. Elle ne porte pas d'autre bijou qu'une croix en or fixée à la boutonnière de son tailleur. (Je ne peux pas m'empêcher de remarquer que cette croix est à l'endroit, et ça me rassure.) Ses cheveux sont blancs, sans trace de teinture, et il n'y a pas non plus la moindre trace de maquillage sur son visage. Sa peau est couverte de tout petits sillons qui lui dessinent des faisceaux de points d'exclamation autour des yeux. Il n'y a aucun artifice chez cette dame, pas plus dans son allure que dans son attitude, et ce dépouillement est très intimidant. Elle se tient très droit, nous regardant dans les yeux tour à tour, et son regard semble avoir la propriété de fouiller nos âmes. Je crois bien que c'est la plus belle vieille personne que j'aie vue de toute ma vie.

— Vous désirez ? nous demande-t-elle après nous avoir bien examinés.

— Nous désirons rencontrer le père Francke, répond Maude. Nous voulons écrire un article sur lui pour le journal de notre école.

— Mais bien sûr ! Quelle bonne idée ! Installez-vous dans ce petit salon, je vous en prie.

Nous nous assoyons sur des chaises de bois, puis nous jetons un coup d'œil autour de nous : des fougères, un crucifix suspendu à l'endroit, une statue de saint Joseph qui repose sur son socle, des tables basses sur lesquelles sont déposés des magazines religieux : *Missions d'Afrique*, *Les Œuvres du Cardinal*... Tout semble normal. Je croise le regard de Roxanne et j'essaie de lui envoyer un message télépathique : *C'est trop facile, il va se passer quelque chose*... Cette fois-ci, je suis sûr qu'elle pense comme moi : elle hoche la tête en fronçant le sourcil droit, comme pour me demander : *Qu'est-ce qu'on est venus faire ici ?*

J'ai presque envie de poser la question à Mathieu à voix haute, mais notre hôtesse ne m'en laisse pas le temps.

— J'ai prévenu le père Francke de votre arrivée, nous dit-elle. Il reçoit habituellement les visiteurs à son bureau, à l'étage, mais puisque vous êtes quatre, il viendra plutôt vous rejoindre ici, ce sera plus commode pour tout le monde.

Il ne viendra pas. Je suis sûr qu'il ne viendra pas. C'est trop facile.

Nous entendons bientôt des pas dans l'escalier. D'où je suis, je peux déjà distinguer la soutane luisante du père Francke, puis ses épaules démesurément larges et enfin son visage au sourire étincelant, qui expose des dents si éblouissantes qu'on dirait une de ces photos truquées qu'on utilise pour les publicités. Il entre dans la pièce sans paraître le moins du monde étonné de nous trouver là, et prend aussitôt la parole sans nous laisser le temps de placer un mot.

— Soyez les bienvenus dans la maison du Seigneur, jeunes gens. Bonjour à toi, Steve…

Il me donne une poignée de main ferme, tout en me regardant droit dans les yeux. S'il a peur de quelque chose, on ne peut pas dire que ce soit très apparent. Il se dirige ensuite vers Roxanne et lui débite quelques phrases onctueuses à propos des grandes qualités d'âme de sa mère. Il se tourne ensuite vers Maude et lui tend une main amicale :

— Vous devez être Maude, j'imagine ? Bienvenue parmi nous, mademoiselle. Les portes de la maison du Seigneur vous seront toujours grandes ouvertes, et…

Et il ne finit pas sa phrase. L'atmosphère vient tout à coup de se charger d'électricité, et le père Francke perd toute sa superbe. Je pense un moment qu'il a été troublé par les seins de Maude, sur lesquels son regard est resté appuyé un rien trop longtemps, mais je comprends vite que c'est plutôt Mathieu qui est à l'origine de ce brusque changement d'atmosphère : aussitôt que mon ami a sorti un appareil photo de son sac, le père Francke a commencé à pâlir.

— J'espère que vous n'avez pas d'objections à ce que je vous prenne en photo, dit Mathieu.

— Non seulement je n'ai aucune objection, s'empresse de dire le père Francke, mais ça me ferait le plus immense plaisir ! Donnez-moi quelques minutes, le temps de me rafraîchir un peu, et je vous reviens. J'en profiterai pour aller chercher quelques photos de mes voyages en Afrique. Certaines sont étonnantes, vous verrez. J'ai pu observer sur place des rituels de guérison assez spectaculaires… Je demanderai à sœur Jeanne de vous apporter quelques documents, en attendant. Je suis sûr que vous allez les trouver passionnants ! Ne bougez pas, je reviens tout de suite !

Roxanne a déjà dit que le père Francke était champion pour aligner des mots, et elle avait raison : quelques phrases lui ont suffi pour nous paralyser. Mathieu n'a pas le temps d'ajuster son appareil que le prêtre a disparu de notre champ de vision. Il monte maintenant les marches quatre à quatre, souple comme un chat, et nous n'avons pas d'autre choix que de rester là à l'attendre.

Sœur Jeanne nous apporte bientôt quelques livres et brochures, qu'elle pose sur une table basse. Je n'ai pas vraiment envie de lire, mais je ne peux pas faire autrement que de m'intéresser au titre d'une de ces brochures : *Traité de crucifixion*… Je me frotte les yeux, je regarde de nouveau : il s'agit bel et bien d'un traité de crucifixion, abondamment illustré, dans lequel j'apprends que saint Pierre a demandé à être crucifié la tête en bas parce qu'il ne se croyait pas digne de mourir comme le Christ. Saint André, pour sa part, aurait été cloué sur une croix en *X*, saint Antoine sur une croix en *T*... C'est d'un macabre absolu, le sang dégouline à profusion, mais je continue tout de même à tourner les pages, absolument fasciné. Mes amis en font autant de leur côté avec les brochures que sœur Jeanne leur a distribuées.

— C'est épouvantable ! s'exclame Maude. C'est une histoire illustrée de la vie de saint Damien, le patron des médecins. Le pauvre homme aurait été brûlé sur un bûcher, mais on l'en a retiré avant qu'il meure. Il a ensuite été criblé de flèches, comme saint Sébastien, puis écartelé... C'est horrible ! Regardez ça !

Mathieu voudrait bien regarder ce que lui montre Maude, mais il n'arrive pas à arracher son regard du livre qu'il feuillette.

— Je pense que j'ai trouvé encore pire, nous dit-il. C'est une église, près de Prague... On dirait qu'elle est complètement faite en squelettes : les colonnes sont recouvertes de crânes, des tibias sortent des murs, tous les lustres sont faits avec des os... Ce n'est pas un décor pour un film de vampires, ce sont de véritables ossements humains !

Je continue à tourner les pages de mon *Traité de crucifixion*, et je trouve une enveloppe qui contient quelques images saintes représentant encore des martyrs : saint Hippolyte, qui a été écartelé par quatre chevaux, sainte Foy, décapitée à l'âge de treize ans…

Si le but du père Francke était de nous distraire pendant qu'il préparait quelque manigance, il a réussi : nous sursautons tous quand nous entendons un lourd bruit de chute, au-dessus de nos têtes, bientôt suivi d'un grincement lugubre.

— Ça vient de la chambre du père Francke ! s'écrie sœur Jeanne. Il lui est arrivé quelque chose, c'est sûr !

La religieuse se précipite aussitôt vers l'escalier, qu'elle monte aussi vite qu'elle le peut en répétant « Père Francke ! Père Francke ! » presque à chaque marche. Mes amis ont le même réflexe que moi : nous n'avons même pas besoin de nous consulter du regard pour lui emboîter le pas. Nous arrivons bientôt en face de la pièce qui se trouve juste au-dessus du salon où nous attendions le père Francke.

La porte est fermée.

Sœur Jeanne frappe trois coups timides, puis trois autres, beaucoup plus fort.

— Père Francke ? Père Francke ? Répondez-moi, père Francke !

Pas de réponse.

Elle frappe encore trois coups et, comme il n'y a toujours aucune réponse, elle entrouvre la porte.

— Père Francke ? appelle-t-elle de nouveau, sans plus de résultat.

Elle se décide alors à ouvrir complètement la porte, et nous assistons alors à une scène ahurissante.

La pièce est vide. Absolument, totalement vide. Pas de meubles, pas de lit, pas la moindre trace de poussière par terre, rien de rien, à l'exception d'un crucifix, sur le mur, qui pend de travers. Il a sans doute été déplacé par le vent glacial qui s'engouffre par la fenêtre. Sœur Jeanne replace d'abord le crucifix, puis elle essaie de refermer la fenêtre, mais le vent est si fort qu'elle n'y arrive pas. Je lui offre mon aide, et je dois mettre toute ma force pour en venir à bout.

— Merci, jeune homme, me dit-elle d'une voix très douce. Quelle bourrasque ! Je n'ai jamais vu ça ! Seigneur Jésus, protégez-nous !

Elle prend le temps de s'assurer que la fenêtre est bien verrouillée, elle se replace ensuite une mèche de cheveux, puis elle me lance ce qui est sans doute la chose la plus étrange que j'aie entendue de toute ma vie :

— *Qu'est-ce que je peux faire pour vous, jeune homme ?*

Il y a sûrement quelque chose qui m'a échappé : il y a moins d'une minute, cette femme était complètement affolée à l'idée qu'il soit arrivé quelque chose au père Francke, et elle me demande maintenant *ce qu'elle peut faire pour moi*, comme si de rien n'était ?

Je bafouille quelque chose d'assez confus à propos du père Francke, et sa réponse est probablement la deuxième chose la plus étrange que j'aie entendue de toute ma vie.

— Le père Francke, dites-vous ? Je suis désolée, je n'ai jamais entendu ce nom, et je travaille ici depuis plus de vingt ans. Vous devez confondre avec quelqu'un d'autre, ou alors vous et vos amis vous êtes trompés de presbytère. Il n'y a jamais eu de père Francke ici.

Elle me sert cette affirmation en me regardant droit dans les yeux, sans broncher, avec un air parfaitement sincère. Ou bien cette femme est une comédienne extraordinaire, ou bien elle est atteinte d'une amnésie aussi soudaine que sélective.

— Peut-être que vous voulez rencontrer le père Gélinas ? poursuit sœur Jeanne. C'est lui qui reçoit, aujourd'hui. Je peux aller le prévenir, si vous voulez.

— Excusez-moi d'insister, madame, mais nous sommes venus rencontrer le père Francke. Quand vous avez frappé à la porte, juste avant d'entrer dans cette pièce, vous l'avez appelé, et deux fois plutôt qu'une…

— Ça m'étonnerait ! Cette pièce est vide depuis longtemps. Je suis entrée pour fermer la fenêtre, c'est tout, et je vous remercie de m'avoir aidée.

Je sens des sueurs froides me couler dans le dos : elle a l'air totalement sincère, et elle me regarde d'un air compatissant, comme si c'était moi qui déraillais.

— Tout va bien, sœur Jeanne ?

L'homme qui a prononcé ces mots est habillé en civil, mais je reconnais le vieux prêtre qui a célébré les funérailles de mon oncle Vincent.

— Tout va bien, répond la religieuse. Ce jeune homme est venu m'aider à refermer la fenêtre. Il y a eu une bourrasque épouvantable.

— J'ai entendu un bruit infernal, moi aussi. C'est pour ça que je suis monté. Ça semble s'être calmé, maintenant, Dieu soit loué.

— En effet, mon père. Ces jeunes gens voulaient rencontrer le père Francke. Est-ce que ce nom vous dit quelque chose ?

— Le père Francke ? Ça ne me dit rien du tout, non, mais il est vrai que je n'ai plus la mémoire que j'avais…

— Attendez un instant, intervient Roxanne. Il y a bien eu une exposition ici la semaine dernière, non ?

— Une exposition ? Quelle exposition ?

Le vieux prêtre vient de nous assener le coup de grâce : il me paraît absolument sincère, lui aussi, tellement sincère que je sens mes jambes flageoler. Quelque chose ne fonctionne pas : nous sommes quatre à avoir vu le père Francke, nous lui avons serré la main, nous avons visité son exposition, Mathieu l'a vu lancer des couleuvres dans le feu, et voilà qu'on nous affirme qu'il n'a jamais existé ? Ça n'a aucun sens…

Comme cette conversation absurde ne peut pas durer plus longtemps, nous disons aux deux religieux que nous nous sommes sûrement trompés d'adresse, et nous prenons congé.

En passant par la salle d'attente, j'en profite cependant pour piquer le *Traité de crucifixion*. *Ça*, au moins, ça existe, et personne n'arrivera à me convaincre du contraire.

Chapitre 13

LUI

Travail rédigé par Steve Charbonneau et remis à Steve Charbonneau

Introduction

Deux semaines plus tard, je ne comprends toujours pas ce qui est arrivé ce jour-là, et plus je pense au déroulement des jours précédents, plus je suis mêlé.
Je sais d'avance que cette parodie de travail de recherche ne servira à rien, que je me mettrai un gros zéro à moi-même et que j'écrirai HORS SUJET dans la marge, mais je veux l'écrire quand même, ne serait-ce que parce que j'ai besoin de jeter quelque chose sur une feuille de

papier. Ça vaut toujours mieux que de jeter des pierres dans les vitres, comme disait M. Vinet.

Développement

- Rox a toujours aimé les explications scientifiques, ou du moins réalistes. Quand nous sommes sortis du presbytère, ce jour-là, elle a tenu à ce que nous inspections la fenêtre par laquelle le père Francke s'est sauvé. Cette fenêtre, située à l'étage, donne sur le stationnement, et le mur sur lequel elle se trouve est parfaitement lisse. Il n'y a pas d'escalier de secours ni d'échelle, pas même de vigne à laquelle il aurait pu s'accrocher. Il est théoriquement possible qu'il ait sauté de là-haut directement sur l'asphalte et qu'il ait ensuite pris la fuite à pied, en auto, à bicyclette ou même dans le vaisseau spatial du commandant Brutz. Mais c'est plutôt improbable: le père Francke a beau être un athlète, il n'est quand même pas un oiseau, ni même un écureuil volant. Et puis ça n'explique pas l'amnésie collective que sa fuite a provoquée.
- Sœur Jeanne a prononcé le nom du père Francke quand elle était avec nous dans la salle d'attente, elle l'a répété en

montant l'escalier, elle l'a redit en frappant à sa porte, et encore une fois quand elle est entrée dans la chambre vide… mais il lui a suffi de refermer la fenêtre pour tout oublier. Elle ne nous a pourtant pas joué la comédie, j'en mettrais ma main au feu, pas plus d'ailleurs que le vieux curé qui nous a affirmé ne pas connaître le père Francke et qui n'avait aucun souvenir d'une exposition qui se serait tenue dans le sous-sol de son église. S'ils ont menti tous les deux, ils méritent *ex æquo* l'Oscar de la meilleure interprétation de tous les temps.

· Marithé ne se souvient de rien, elle non plus. Vide total. Nous sommes allés chez elle immédiatement après la disparition du père Francke, et nous l'avons trouvée assise dans sa véranda, examinant des images saintes et des missels rédigés en latin. « Peux-tu me dire d'où ça vient, Rox ? Ces images sont d'un morbide total, quelle horreur ! Où as-tu déniché ça ? » Roxanne a répondu que ces images lui appartenaient à elle, Marithé, qu'elle se les était procurées dans un groupe de renaissance spirituelle animée par un certain père Francke, mais Marithé a eu l'air de tomber des nues. « Voyons, Rox, tu essaies de me faire marcher! Tu sais bien que je n'ai jamais été croyante! Et si jamais j'avais envie de croire en un être supérieur, je choisirais une religion moins sexiste que celle-là!» Marithé a fini par se convaincre que ces images et ce missel appartenaient à Rox, qui les avait sans doute dénichés chez un antiquaire et qui voulait les utiliser pour écrire un roman gothique ou quelque chose dans ce genre-là. J'étais présent quand elle a eu cette réaction, et je peux vous assurer qu'elle était absolument, totalement sincère. À moins évidemment de penser qu'elle est une actrice géniale, elle aussi, mais la cérémonie des Oscars commence à être un peu longue, et j'ai peur que les téléspectateurs ne se mettent à zapper. Roxanne n'a pas tenté de contredire sa mère: tant mieux si celle-ci avait tout oublié. Rox a récupéré les images, et sa mère est vite passée à un sujet qui la préoccupait bien davantage: son ex-ex-ex-mari et elle tenteront bientôt une ixième tentative de réconciliation. Souhaitons-leur bonne chance.

- C'est Roxanne qui a parlé la première d'envoûtement. Ce n'est pas un mot très scientifique ni une hypothèse très vraisemblable, mais elle a pourtant utilisé ce mot. «On dirait que *quelqu'un* a fait *quelque chose* à Marithé, a-t-elle dit textuellement, et ce quelque chose ressemble à un *envoûtement*...» Je déteste cette explication. Si on l'accepte, ça veut dire qu'on prête de la crédibilité à ces histoires de vaudou, de sorcellerie et de zombies, et tout le monde sait que ça ne tient pas debout. Mais il faut avouer que Rox semble dans le vrai: il y a quelques semaines, on craignait que Marithé ne fasse une dépression; la voilà maintenant qui pète le feu, comme si rien ne s'était jamais passé. Comment expliquer une telle amnésie, un tel retournement d'humeur, sinon par un envoûtement qui aurait soudainement cessé?

J'ai fouillé dans tous les journaux régionaux, j'ai téléphoné aux responsables des pages culturelles des grands journaux, j'ai consulté tous les sites Internet que je pouvais imaginer, j'ai même téléphoné au représentant de l'aluminerie qui a commandité l'exposition: personne n'a jamais entendu parler d'un vernissage tenu dans le sous-sol de cette église. J'ai pourtant assisté à ce vernissage, Rox y était, elle aussi, et il y avait peut-être une centaine de visiteurs autour de nous. Pour une exposition qui n'a été annoncée nulle part et qui semble n'avoir jamais eu lieu, on peut certainement parler d'un franc succès.

- Je suis retourné à l'église avec Rox, samedi dernier. Nous avons profité de la messe pour descendre au sous-sol et explorer les lieux. La salle dans laquelle s'est tenue l'exposition est bel et bien là, avec ses colonnes de pierre et ses voûtes trapues. Il n'y avait aucune trace de pas sur le sol pavé de dalles verdâtres et couvertes d'une épaisse couche de poussière blanche, comme si personne n'y avait mis les pieds depuis des siècles. Nous n'y avons trouvé aucun vestige des tableaux ni des crânes, mais les anneaux de métal sur lesquels étaient fixés les câbles qui retenaient les statues étaient encore là.
- À la maison, j'ai toujours le Traité de crucifixion que j'ai piqué au presbytère, de même qu'une enveloppe qui contient une image du Christ au cœur ensanglanté et une autre de saint Laurent en train de rôtir sur son barbecue. Il n'y a toujours pas d'adresse de retour sur l'enveloppe, mais je vérifie chaque soir qu'elle est encore là, dans le premier tiroir de ma

commode. Ces objets existent pour de vrai, je ne les ai pas achetés chez un antiquaire ni trouvés en prime dans une boîte de céréales.

- Mathieu a gardé ses images, lui aussi, de même que son timbre du Bluenose. Son père le harcèle pour qu'il le vende: dans l'état où il est, il paraît qu'il pourrait en tirer quelques centaines de dollars. Mais Mathieu ne veut rien savoir: cette enveloppe-là, c'est une preuve que le père Francke existait réellement, d'une certaine manière.
- Personne ne sait si le père Francke était une projection tridimensionnelle, un truc de prestidigitateur, une entité, un spectre, un hologramme, un thaumaturge, un sorcier, un fantôme, une vision ou quoi que ce soit d'autre dans ce genre. Quand vient le temps de le désigner, un mot revient cependant plus souvent que les autres, et il est à la fois simple et terrifiant: LUI. Quand nous parlons de LUI, tout le monde sait de qui il s'agit.

Conclusion

Je n'arrive pas à accorder une once de crédibilité à toutes les histoires d'envoûtement, de sorcellerie ou de zombies. Quelque chose s'est pourtant

passé, qui défie la logique. La seule explication possible, c'est celle que Maude nous a proposée et que je relate dans le prochain chapitre.
Je préfère vous avertir tout de suite: l'explication de Maude repose sur le témoignage d'une folle. Je vous rapporte quand même ce témoignage parce qu'il fait partie de l'histoire, mais je répète que je n'y crois pas, que je ne peux pas y croire, que je ne veux pas y croire, et que je n'y croirai pas tant que je vivrai. Lisez-le si vous voulez, mais je décline à l'avance toute responsabilité.

Chapitre 14

— Je pense que j'ai trouvé la clé du mystère, nous a annoncé Maude samedi dernier.

Nous étions tous réunis chez Rox, une fois de plus, essayant de résoudre le casse-tête de notre *cadavre exquis* : j'avais amené la situation initiale, Rox y avait greffé l'histoire de sa mère, Mathieu avait ajouté une inquiétante référence au vaudou, et Maude avait fait surgir un fantôme du passé. Tous les ingrédients étaient dans la marmite, et il ne restait plus qu'à lier la sauce. Le seul ingrédient qui manquait, c'était une bonne fin. Et celle qu'allait bientôt nous proposer Maude était le seul dénouement possible à cette histoire morbide.

— Suivez bien mon raisonnement, a dit Maude. Roxanne, Mathieu, Maude et Steve ont rencontré le père Francke à plusieurs reprises, dans des endroits et des contextes différents. Steve et Rox ont visité son exposition. Le père Francke existe, il faut partir de là. Le problème, c'est que tous les adultes, sans exception, semblent avoir être victimes d'une amnésie collective. Ils n'ont rien vu, rien entendu, ils ne se souviennent plus de rien. Seuls les jeunes en ont gardé le souvenir. Est-ce que je me trompe ?

Nous nous sommes consultés du regard et nous avons hoché la tête en même temps : Maude avait bien résumé la situation.

— Je me suis pourtant volontairement trompée, a repris Maude. Il y a une exception. Pensez à une adulte qui aurait connu le père Francke alors qu'elle était encore adolescente, comme nous…

— Marie ! s'est exclamée Rox. Celle à qui le père Francke a fait un enfant…

— C'est du moins ce que disait la rumeur. Si nous réussissions à retrouver cette Marie, nous aurions de bonnes chances de percer le mystère, non ? Si le père Francke est vraiment le père de son enfant, elle pourrait difficilement l'avoir oublié.

— Bonne idée! a approuvé Mathieu. Mais comment la retracer? Si je me souviens bien de ton histoire, nous avons perdu sa trace il y a vingt ans...

— Je l'ai retrouvée, a tranquillement répondu Maude. Marie nous attend cet après-midi au milieu du terrain de football, derrière l'école. Elle veut nous rencontrer.

— ... Au milieu du terrain de football??? a repris Mathieu, qui avait l'air un peu sonné. Comment... comment as-tu réussi ce coup-là, toi?

— Rien de plus facile! a répondu Maude. J'ai téléphoné à mon père bio, et je lui ai demandé s'il ne pouvait pas essayer de retracer Marie. Comme il ferait n'importe quoi pour se rapprocher de moi, il s'est empressé de me rendre ce service.

— Comment s'y est-il pris? a demandé Rox. Ça fait tout de même vingt ans!

— Il s'est présenté au pensionnat et il a expliqué à la secrétaire qu'il cherchait ses anciens camarades de classe pour organiser des retrouvailles. On lui a permis de photocopier les listes d'élèves, mais il n'y a trouvé aucune trace de cette Marie: son nom avait été effacé des registres. Mon père bio a alors eu une bonne idée : si Marie n'avait pas laissé de trace dans les listes d'élèves ou dans les bulletins, ses parents avaient quand même dû régler ses frais de scolarité… Il a donc demandé à consulter les livres comptables, prétextant avoir besoin de trouver une adresse. C'est comme ça qu'il a retrouvé le nom de famille de Marie, de même que son adresse de l'époque. Il a ensuite téléphoné à un de ses amis policiers, qui a bien voulu faire des recherches pour trouver son numéro d'assurance sociale. Il paraît que ce n'est pas tout à fait légal, mais comme mon père bio lui avait déjà rendu certains services… À partir de là, rien de plus facile que de retracer son permis de conduire, sur lequel figure sa nouvelle adresse… Elle habite près d'ici, vraiment tout près, dans un parc de maisons mobiles. C'est à deux pas de chez toi, Steve, près du cimetière d'autobus scolaires.

— Je connais cet endroit. Les gens qui habitent là sont loin d'être riches.

— D'après ce que j'ai pu comprendre, Marie ne travaille pas. Elle habite seule avec quatre chiens…

— … Tu lui as parlé ?

— Bien sûr que oui. Il fallait d'abord que je m'assure que nous avions affaire à la bonne personne, et aussi que je l'apprivoise un peu. Elle est plutôt farouche, notre Marie. Très farouche. Je nous voyais mal débarquer chez elle tous les quatre…

— Comment a-t-elle réagi ?

— Au début, elle ne voulait rien savoir de moi. Chaque fois que je lui parlais de LUI, elle me raccrochait la ligne au nez. Mais j'ai réussi à la convaincre de nous rencontrer en disant que nous devions absolument lui parler si nous voulions éviter qu'IL fasse d'autres victimes.

— Pourquoi nous a-t-elle donné rendez-vous sur un terrain de football ? C'est tellement bizarre !

— C'est elle qui a fixé les conditions : pas question d'aller chez elle, ses chiens nous sauteraient à la gorge. Pas question non plus de la rencontrer dans un restaurant, une maison, un centre commercial ou tout autre endroit fermé. Il fallait que ce soit au grand air, dans un lieu d'où elle pourrait se sauver facilement s'IL arrivait.

— … Elle a encore peur de LUI ?

— Terriblement. Et elle se méfie de nous : dans son esprit, elle s'imagine peut-être qu'IL nous manipule… Vous me laisserez parler, d'accord ? Si nous nous mettons à quatre pour l'interroger, elle risque de paniquer.

▲ ▲ ▲

Nous nous sommes facilement entendus pour laisser Maude poser les questions, mais la précaution n'a pas été vraiment utile. Marie était là, qui nous attendait au milieu du terrain de football ; elle a commencé à parler avant même que Maude ait pu lui dire quoi que ce soit, et elle n'a jamais permis qu'on l'interrompe.

Le texte qui suit est une tentative de transcription de ce qu'elle nous a dit, même si la tâche était presque impossible : certaines des phrases de Marie étaient logiques, d'autres pas du tout. Elle parlait français la plupart du temps, mais certains mots latins venaient s'y mêler (je suppose, du moins, que c'était du latin). Personne n'avait apporté de magnétophone, et personne non plus n'a pensé à prendre de notes. J'ai donc écrit ce texte au meilleur de ma mémoire le soir même de cette rencontre, puis je l'ai fait lire à mes amis pour qu'ils le corrigent. Chacun y a ajouté quelques éléments, et nous nous entendons pour dire que c'est ce que nous pouvons faire de mieux dans les circonstances.

La femme qui nous a tenu ce discours avait peut-être quarante ans, mais elle avait plutôt l'air d'en avoir quatre-vingts. Ses cheveux gris étaient longs, sales et emmêlés, et ils lui cachaient à moitié le visage. Parfois, elle regardait dans le vide, les yeux vitreux, et parfois, au contraire, elle semblait vouloir balayer l'horizon d'un seul regard, comme si elle était entourée d'ennemis invisibles prêts à l'attaquer. Il lui arrivait de bondir de quelques pieds vers l'arrière, comme si elle avait aperçu un serpent dans l'herbe, et, chaque fois, nous sursautions, nous aussi. Si j'avais été médecin dans une urgence psychiatrique, j'aurais ordonné qu'on l'interne sur-le-champ : *Donnez-lui des calmants, s'il vous plaît, essayez de trouver des médicaments qui la délivrent de son délire paranoïaque, et profitez-en pour lui donner un bain, cette femme-là n'a pas dû se laver depuis des mois…*

Êtes-vous prêts ? Voici la transcription en question…

— *Pourquoi y a-t-il des lignes sur ce terrain? C'est un piège, toutes les lignes sont des pièges, les blanches sont les pires, c'est vous qui m'avez attirée ici, vous le paierez,* VOUS LE PAIEREZ! *N'approchez pas, n'approchez pas de moi, je ne veux pas que personne s'approche à moins de vingt pieds sinon les (...) attaqueront, demain, lundi, hier, les (...) attaquent la nuit, ils n'ont pas peur des lignes, ils ne sont pas comme moi, ha!, ils sont comme (...). N'approchez pas à moins de vingt pieds sinon je lâche mes chiens, j'ai capturé vos odeurs, toutes les odeurs se capturent sur le (...), je peux les lâcher sur vous, rien de plus facile, ils partiront d'ici ou de là, de jour, de nuit, j'ai capturé vos odeurs, c'est entendu? Ne faites pas de cercle.* SURTOUT PAS DE CERCLE! *C'est toi, Maude, c'est toi qui m'as appelée? Ne bougez pas! Ne bougez pas! Je veux une sortie, je veux toujours voir la sortie, vous m'entendez? Je veux aller au bout des parallèles qui sont (...). Je veux que personne ne bouge sinon je lâche mes chiens, mes chiens détestent ceux qui ont les mains sales, ils ont été élevés avec les Évangiles, vous comprenez ce que je dis?* ILS ONT ÉTÉ ÉLEVÉS AVEC LES ÉVANGILES! *Vous enfanterez dans la douleur, a dit la Bible,* VOUS ENFANTE-

REZ DANS LA DOULEUR ! Qu'ai-je à faire de la multitude de vos sacrifices ? dit l'Éternel dans le livre d'Isaïe. Je suis rassasié des holocaustes de béliers et de la graisse de veaux ! Mon *âme hait vos nouvelles lunes et vos fêtes ! Je porterai la main sur toi, je fondrai tes scories !* Vous ne direz rien, c'est compris ? Vous ne direz rien d'autre que ce que disent les Évangiles, mais ne lisez jamais le livre d'Enoch, c'est là que Satan apparaît, c'est de là que les succubes et les incubes prennent leurs ordres, ils décodent, vous comprenez ? ILS DÉCODENT ! Ils ouvrent les pages du Livre et ils fondent des églises ; ils ouvrent les pages du Livre, et ils mettent leur semence dans le ventre des jeunes filles ; ils ouvrent les pages du Livre et ils ouvrent le ventre de ces jeunes filles pour leur voler leur enfant. Je n'ai jamais vu l'enfant, vous me comprenez ? JE NE L'AI JAMAIS VU ! Je suis celle qui écrase les serpents, mais je n'ai jamais vu le fruit de mes entrailles. Ils m'ont ouvert le ventre tandis que je dormais, ils se sont enfuis avec mon cœur ensanglanté et ne m'ont laissé que des serpents. Ne lisez jamais le livre d'Enoch ! Tous les anges descendent sur terre un jour ou l'autre pour remplir d'étoiles les ventres des jeunes filles, tous les anges, ceux du bien comme ceux du mal, TOUS les anges !

Laissez-moi partir au bout des parallèles ! Ne me suivez pas sur le chemin des serpents !

Et puis elle est partie, pieds nus, en haillons, et nous l'avons suivie des yeux aussi longtemps que nous avons pu.

Chapitre 15

— Ouf ! dit Rox en déposant le manuscrit sur la table en osier. J'ai beau savoir que c'est toi qui as composé ce passage, cette Marie me terrifie. J'adore son discours ésotérique, avec toutes ces références à la Bible… Où es-tu allé chercher ça ?

— On trouve tout ce qu'on veut sur Internet quand on cherche un peu, y compris des trucs qui sentent le soufre. Je t'avoue que ça m'a fait peur, à moi aussi. C'est bizarre, non ? J'avais parfois l'impression de transcrire sans le savoir une formule cabalistique. C'est comme si ce n'était pas vraiment moi qui rédigeais, comme si je prenais la dictée d'une force obscure… Penses-tu qu'on peut avoir peur de ses propres histoires, Rox ?

— Sûrement ! Ce n'est pas pour rien qu'on parle d'envoûtement. Ça m'arrive parfois, quand je réussis à me laisser aller. J'invente des choses tellement bizarres que je me demande d'où ça sort. On dirait que ma main est greffée sur un autre cerveau que le mien.

— ... Comme si le Mal était en nous et qu'on lui donnait une chance de s'exprimer...

— Exactement ! Je propose qu'on garde ce passage tel quel, et que le roman se termine là-dessus. Si M. Vinet était encore avec nous, je suis sûr qu'il apprécierait : il aimait bien que les fins soient un peu abruptes, pour déstabiliser les lecteurs. On devine évidemment que le père Francke a disparu, mais qu'il risque de revenir, sous une forme ou sous une autre. Le Mal ne peut jamais mourir.

— Il y a quand même un détail qui m'embête, Rox.

— Tu ne veux pas ramener les couleuvres de Mathieu, j'espère ? Je déteste qu'on martyrise des animaux, même si c'est de la fiction.

— C'est plutôt le personnage du père Francke lui-même qui me tracasse. Dans mon récit, je le présente d'abord comme un personnage réel. Un peu plus tard, Steve affirme qu'il est *trop réel pour être vrai.* Et le voilà qui disparaît deux fois plutôt qu'une, tout en laissant chaque fois des traces palpables de son passage : les lettres, les images, et même un enfant, du moins s'il faut en croire Marie…

— Et alors ?

— Si le père Francke n'est pas un fantôme, ni un ectoplasme, ni quoi que ce soit du genre, il ne reste donc qu'une solution. Il serait une incarnation de Satan, ou de Lucifer, ou du Prince des Ténèbres, appelle-le comme tu voudras…

— C'est ce que nous avions convenu depuis le début. Il y a cependant une autre hypothèse, que tu n'as pas évoquée et qui est bien plus intéressante, si tu veux mon avis.

— ... Je t'écoute…

— Tu ne précises jamais le nom de l'artiste qui a exposé ses œuvres dans le sous-sol de l'église. Ça pourrait être le père Francke lui-même, évidemment, mais ça pourrait aussi être quelqu'un d'autre.

— ... Quelqu'un d'autre ? Le père Francke serait donc…

— Le produit de l'imagination de cet artiste, oui. Pourquoi pas ? Il ferait lui-même partie de l'exposition, en quelque sorte.

— Ouf ! Je n'avais pas pensé à ça… Le père Francke serait donc une image créée par cet artiste qu'on ne voit jamais, qu'on ne connaît pas…

— … et qui a lui-même été créé par un certain Steve Charbonneau…

— … avec l'aide précieuse de ses amis Mathieu et Maude, sans oublier l'indispensable Roxanne… Le mal serait donc en moi, et je l'ai laissé s'exprimer, c'est bien ça ?

— Exactement. Et maintenant, si on s'attaquait à cette histoire de chalet ? Rappelle-toi ce qu'on avait dit, à la fin de *Sekhmet* : Roxanne, Maude, Mathieu et Steve se retrouveraient dans un chalet isolé des Laurentides. Un homme serait mort dans ce chalet, et…

Je sens parfois un frisson glacé me parcourir le dos quand Roxanne me regarde de cette manière, avec ce sourire énigmatique et cette étrange lueur dans les yeux. Et vous savez quoi ? J'adore cette sensation.

Du même auteur chez d'autres éditeurs

Jeunesse

Corneilles, Boréal, 1989.

Zamboni, Boréal, 1989.

- PRIX M. CHRISTIE

Deux heures et demie avant Jasmine, Boréal, 1991.

- PRIX DU GOUVERNEUR GÉNÉRAL

David et le Fantôme, Dominique et compagnie, 2000.

- PRIX M. CHRISTIE
- Liste d'honneur IBBY

David et les monstres de la forêt, Dominique et compagnie, 2001.

David et le précipice, Dominique et compagnie, 2001.

David et la maison de la sorcière, Dominique et compagnie, 2002.

David et l'orage, Dominique et compagnie, 2003.

David et les crabes noirs, Dominique et compagnie, 2004.

David et le salon funéraire, Dominique et compagnie, 2005.

Albums

L'été de la moustache, Les 400 coups, 2000.

Madame Misère, Les 400 coups, 2000.

Tocson, Dominique et compagnie, 2003.

Voyage en Amnésie et autres poèmes débiles, Les 400 coups, 2004.

Adultes

La Note de passage, Boréal, 1985. B.Q., 1993.

Benito, Boréal, 1987. Boréal compact, 1995.

L'Effet Summerhill, Boréal, 1988.

Bonheur fou, Boréal, 1990.

Fiches d'exploitation pédagogique

Vous pouvez vous les procurer sur notre site Internet à la section jeunesse/matériel pédagogique.

www.quebec-amerique.com

DATE DUE

5 - MAI 2008	